KEITAI
SHOUSETSU
BUNKO
SINCE 2009

# 復讐日記

西羽咲花月

スターツ出版株式会社

カバーイラスト／382

ある男のせいで高校を中退することになったあたしは、親友の花音（かのん）から不思議な日記を手渡されることになる。

　そのタイトルは『復讐（ふくしゅう）日記』。
　少しでもあたしの気持ちが晴れるならと、雑貨屋で購入してくれたようだ。


（１）　この日記に書いたことは、書いた本人の目の前で実行されます。
（２）　まず最初に、最後のページに復讐したい人間の結末を書いてください。
（３）　最初のページに戻り、復讐したい人間の名前と内容を書きます。
（４）　30日分、休まず書いてください。


　せっかくだし……と、日記を書き始めたあたし。
　それが、最悪の事態を招くとも知らずに……。

contents

**第 1 章**

| | |
|---|---|
| 悪夢 | 8 |
| 面白いもの | 17 |
| 試しに | 28 |
| 目の前で | 33 |
| 続ける | 42 |
| 帰り道 | 48 |
| 本物 | 54 |

**第 2 章**

| | |
|---|---|
| 葬儀 | 62 |
| 不倫相手 | 72 |
| 小さな復讐劇 | 90 |
| 転落 | 101 |
| 止まらない | 119 |
| 冷たい態度 | 126 |
| ミス | 138 |
| 先輩 | 145 |

第3章

| 震え | 154 |
| --- | --- |
| 花音の家へ | 160 |
| 行方不明 | 166 |
| 好きな人 | 176 |
| 通り魔 | 186 |
| 雑貨店 | 197 |
| 別れ | 206 |
| 電話 | 212 |

第4章

| 実行されない | 224 |
| --- | --- |
| 消えた店 | 232 |
| 幸せ日記 | 238 |
| 奥さん | 248 |
| 事故 | 253 |
| 燃える | 261 |
| すがりつく | 266 |
| 終わり | 272 |

| あとがき | 280 |
| --- | --- |

# 第1章

## 悪夢

　とても冷たい空間だった。
　これほど冷えきった部屋を、あたしは知らない。
　この空間に似つかわしくない、優しい声が聞こえてくる。
　だけど、その優しさは本物じゃない。
　作業をスムーズに進めるための、作り物だ。
　その声がどんどん遠のいていく。
　視界が狭くなり、暗闇の中へと引きずり込まれていく。
　待って。
　まだ、待って。
　そう言いたいのに口を開くこともできなくて、あたしはズブズブと悪夢の中へと吸い込まれていく。
　その夢は最低だった。
　冷たい部屋の中、白い服を着た女性が１人立っている。
　何もない部屋の中に響き渡る赤ん坊の泣き声。
　女性の足元には次々と真っ赤な血が流れ落ちていき、次の瞬間、女性の股の間からゴトリと音を立てて赤ん坊が落下した。
　赤ん坊が固い床に頭を打ちつけると、泣き声は完全に途絶える。
　潰れた赤ん坊を見おろす女性は……あたしだ。
「最低」
　あたしはそう呟きながら目を覚ました。

体中汗まみれだ。

あたしが子供をおろしてから1年たち、また冬が来た。

今でもこの悪夢にうなされることが多い。

自分の体から命がなくなる……。そう簡単に立ち直れることじゃなかった。

あたしはベッドから起きてスマホで時間を確認する。

朝の5時半だ。

両親はまだ眠っている時間。

あたしはベッドからおりて脱衣所へと向かった。

この夢を見た時は決まって、熱めのシャワーを浴びることにしているのだ。

そうすれば、少しだけ気持ちがスッキリする。

最初のころは吐き気を催して、トイレに駆け込むこともたびたびあったほどだ……。

あたしが子供を授かったのは16歳のころだった。

相手は2歳年上の坂藤 剛。

出会った当時、たった2歳しか違わないけれど年上の剛を見て、すごく大人だと感じた。

実際に剛はとても物知りで、会話をしているだけで楽しい時間を過ごすことができた。

自分の知らない世界を知っている人。

それはとても魅力的で、キラキラと輝いて見えたのだ。

会話をしているだけで楽しい剛に惹かれ始めるのに、さほど時間はかからなかった。

剛のほうも同じだったようで、知り合って友達として遊ぶようになってから告白をされた。
　今思い出してみても、あの時は体が宙へ浮かぶんじゃないかと思うくらい、うれしかった。
　文字どおり舞い上がっていたのだ。
　だからこそ、周囲からの反対なんて耳に入らなかった。
　昔から剛と仲がよかった人たちは、口を揃えたように『剛はやめておけ』と言ってきた。
　今ならあたしのための言葉だとわかるけれど、当時は、あたしと剛の邪魔をしているようにしか感じられなかった。
　まわりの意見を無視して付き合い始めた時だって、この人を選んで正解だったと本気で信じていた。
　そして、周囲の意見に惑わされることなく、剛の隣にいる自分のことを誇らしいと感じていたほどだった。
　高校に入学したばかりのあたしにとって、剛の存在は学校生活をスムーズに送るためにも必要だった。
　先輩と付き合っているあたしの立場はクラス内でも安定し、イジメのターゲットになって、灰色の学校生活を送ることもなかった。
　今思えば、あたしには剛のことを利用していた部分があったのだ。
　剛と一緒にいれば安全。
　だから、キスやそれ以上のことも、すべて剛に任せてしまった。
　その結果、付き合い始めて1ヶ月で体の関係になり、や

がて妊娠がわかった。

　体調の変化が表れ生理が遅れても、あたしはすぐに検査薬を使うことができなかった。

　検査薬を購入することには大きな抵抗があったし、勘違いだと思い込もうとしていた。

　でも、そんなのいつまでも続くはずがなかった。

　一向に来ない生理に、不安は日に日に膨らんでいく。

　そんな中、剛に再び体を求められたあたしは、それを拒んでしまった。

　生理が来ない原因がはっきりしない状態で、そんな行為をすることはできなかったのだ。

　その時ようやく剛に自分の体の変化を相談し、その日のうちに検査薬を試してみることに……。

　結果は陽性。

　赤い線が１本浮かび上がった棒を見つめて、あたしは呼吸をすることすら忘れていたように思う。

　数分間の沈黙のあと剛がため息を吐き出して、あたしは我に返った。

「これって……」

　そこまで言って言葉を切り、剛を見つめた。

　剛はアクビをして「あぁ……」と、呟いただけだった。

　その時の「あぁ……」の意味が、なんだったのか。

　めんどくせぇとか、知ったことじゃないとか、きっとそんな感じだろう。

　その時点で、あたしのお腹の子の運命は決まったような

ものだった。
　せっかく素敵な高校生活を送り続けられるはずだったのに、妊娠するなんて予定外だった。
　あたしは自分の体を見おろしてため息を吐き出した。
　今ではペタンコになったお腹。
　だけど1年前までは、たしかにここに1つの命が宿っていたのだ。
　高校生同士の結婚なんて無理。
　お金もないし、子供を育てるための知識だってない。
　あたしたちの子供がこの世から消されるのは時間の問題だと、あたしはすぐに理解した。
「剛。もし、万が一にでも産むことができたら、どうする？」
　あたしはあの時、剛へ向けてそう聞いたんだ。
　もし、お互いの両親を説得することができて、産むことを許可してもらえたら。
　そんな期待を込めて。
「は？　そんなの無理に決まってんだろ」
　剛は見ていたマンガから視線を上げずにそう答えた。
「でも、このままだとあたしたち別れさせられるかもしれないし！」
　あまりにそっけない剛の態度に、思わず声を荒げてしまった。
　それでも剛はマンガを見たままだ。
「そうなったら、仕方ないだろ」
『仕方ない』

剛がアクビ交じりに言った言葉は、今でも胸に突き刺さったままだ。

剛からすれば子供をおろすことも、あたしと別れることも『仕方ない』と割りきれることなんだ。

両親を説得する気もなければ、あたしと付き合い続けるつもりもない。

最初から、その程度だったんだ。

あの瞬間、あたしの中の魅力的だった剛の姿がガラガラと崩れ落ちていった。

2歳年上で大人だと思っていた。

剛と付き合っているから学校生活がスムーズに送れるのだと思っていた。

でも、違う。こんな奴、大人じゃない。

私利私欲で動く、ただのクソガキだ！

あたしはそう思い、剛のそばから姿を消した。

子供をおろす時も母親に付き添ってもらい、剛にはいっさい連絡をしなかった。

剛も、あたしに連絡をしてくることはなかった。

別れる前に1発でも殴っておけばよかった、と今は後悔している。


あたしはシャワーを終え、自室へと戻ってきていた。

あれから1年がたつ。

あたしは学校を中退し、家から近い服屋でアルバイトをしている。

中絶したことを隠して学校に通い続けることもできた。
　だけど、あまりにショックが大きく、あたしは退学することにしたのだ。
　本当ならまだ高校へ通っていて、みんなと同じように勉強をしたり、進路について悩んだりしている時期だ。
　だけどあたしは、服屋に買い物に来る制服姿の学生を見ては、なぜだか少し後ろめたい気持ちになっている。
　あたしは何も悪いことなんてしていない。
　それなのに、制服姿の男女を見ると胸がざわつき、視線を逸らしてしまうのだ。
　スマホをグッと握りしめて自分の怒りを押し込める。
　赤ちゃんができてしまったのは剛１人の責任じゃない。
　初めてできた彼氏に愛されたいと思って、避妊しなかった自分も悪い。
　そう考えることで冷静になれる。
　だけど、剛はあたしと別れて数ヶ月後に新しい彼女を作ったと風の噂で聞いたのだ。
　その時、あたしの怒りは頂点へと達した。
　あいつのことを殺したいとまで考えるようになった。
　幸い、高校を卒業した剛は進学も就職もできず、あたしと同じフリーターになったという。
　それだけが心の救いになっていた。
　もしもあいつが就職や進学をして、悠々自適な生活を送っていたとしたら……本当に殺しに行っていたかもしれない。

あたしの人生を台無しにしておいて、1人だけ真っ当に生きるなんて許せるわけがなかった。

あたしは呼吸を整えてスマホを確認した。

数件のメッセージが届いている。

全部、宏哉からのメッセージだ。

昨日返事をしなかったから、心配してくれている。

宏哉は高校2年生で、本当ならあたしも同じ学校に通い、同じ学年にいたはずだった。

剛の弟である宏哉が同じ学校にいると知ったのは、親友の萩野花音が教えてくれたことだった。

なんと2年になってから、花音のクラスに宏哉が転入してきたのだ。

これを知った瞬間、あたしは本気で運命を感じた。

神様はあたしを見捨ててなんていなかった。

あたしの人生はまだまだこれからなんだと希望を抱き、期待が胸に膨らんでいくのを感じた。

それは高校を辞めてから失われていた感情だった。

【大好きだよ】
【昨日と今日は返事がないけど、どうかした？】
【早く会いたいな】

次々と送られてきている宏哉からのメッセージに、あたしはニヤリと笑った。

宏哉はあたしの過去を知らない。

花音の親友ということで紹介してもらい、連絡を取り合うようになった。

あたしにとって宏哉の存在は、剛へ復讐するために必要不可欠なものだった。
　きっと、あたしを見ていた神様がチャンスをくれたんだ。
　ただし、剛と付き合っていた時に２〜３回会ったことがあったので、メイクで顔を誤魔化して宏哉へ近づいた。
　ちょうど彼女募集中だった宏哉はすぐにその気になって、あたしの嘘の告白を真に受けてくれたのだ。
　何度かデートを重ねたため、宏哉はすっかりあたしのことを信じ込んでいる。
　次のデートであたしは、剛と今の剛の彼女とWデートをすることになっている。
　その時に、剛があたしにしたことをすべてぶちまけてやるのだ。
　宏哉も剛の彼女もきっと驚くことだろう。
　その顔を想像するだけで、あたしの心は躍るんだ。
　憎い剛が目の前で悲しむ姿を早く見てみたい。
「ふふっ」
　思わず笑い声が出てしまった。
「自分だけ幸せになれるなんて、思ってないよね？」
　あたしはスマホに残っている剛の写真へ向けて、そう呟いたのだった。

## 面白いもの

　復讐決行日は、とてもいい天気だった。
　まさに復讐に最適な日!
　今までになく清々しい気持ちで目が覚めた。
　なんだか体も軽く感じられる。
　鼻歌交じりに着替えをし、洗面所へと向かう。
　昨晩は悪夢で目を覚ますこともなかったから、顔色は悪くない。
「今日はどこへ行くの?」
　母親が隣の部屋から声をかけてくる。
　アルバイトのない日は、いつもこうして気にかけてくれている。
「今日は花音と遊びに行くよ」
　デートだと言うと止められることは目に見えている。
　同じ過ちを繰り返さないか、心配で仕方ないのだ。
「そう。気をつけてね」
　でも、花音の名前を出すと大抵安心してくれる。
　花音は昔からの仲よしだから、信用しきっているのだ。
　花音とあたしが悪だくみをしているなんて、考えてもいないだろう。
　身支度を終えたころ、花音からのメッセージが入った。
【おはよう、彩愛(あやめ)! 宏哉、今日のデートを昨日からすごく楽しみにしてたよ。計画、上手くいってるね】

花音のメッセージにまた顔がニヤけてくる。
　花音は、あたしの復讐を唯一知っている人物だ。
　こうして時々、学校内での宏哉の様子を教えてくれる。
【今日はあたしも本当に楽しみだよ！　剛の驚いた顔を想像するとおかしくてたまんない！】
【そうだよね。あとさ、ちょっと面白いものを雑貨屋で見つけたの。デートが終わるころ、会えない？】
　面白いものってなんだろう？
　花音が会ってまで見せたいものということで、興味が湧いた。
【もちろんだよ！　じゃあ、行ってくるね！】
　あたしは花音へそう返信をして家を出たのだった。

「ごめん、待った？」
　たっぷり15分ほど遅刻して、あたしは約束の場所に到着。
　そこで待っていたのは、オシャレな私服に身を包んだ宏哉だった。
　一見すればかなりのイケメンだけれど、あたしの心は少しも揺れなかった。
　剛の弟だというだけで、どれだけカッコよくても価値のない男に映ってしまう。
　宏哉だって、きっと剛と同じだ。
　女が近づいてくることに馴れてくれば、きっと私利私欲を満たすようになってくる。
「全然待ってないよ」

宏哉はそう言い、笑顔を見せる。
だけど、その鼻の頭は赤くなっている。
今日は今年一番の冷え込みだと言っていたから、わざと遅れてきたのだ。
あたしに気をつかって無理をしてほほ笑んでいる宏哉を見て、心の中で笑った。
「他のみんなは？」
それから、あたしは周囲を見まわす。
すでに約束の時間から15分以上が経過しているけれど、剛の姿は見えない。
すると宏哉が申し訳なさそうな表情を浮かべた。
「それが、急きょ来れなくなったんだ」
「え？」
思わず表情が険しくなってしまう。
そんなあたしの顔を見た宏哉が、さらに申し訳なさそうにして頭をかいた。
「ごめんな。兄貴は気分屋だから」
そして、苦笑いを浮かべる宏哉。
今日は剛とのWデートで、奴らの関係をメチャクチャにしてやる日だったのに、来ないなんて信じられない！
正当な理由が出てこないということは、本当に身勝手なドタキャンをしたのだろう。
あいつが気分屋なことくらい知っている。
それでも連れてこいよ、お前は弟だろ。
そう言ってやりたいのをグッと喉の奥へと押し込んだ。

「せっかくだからさ、俺たち2人だけで楽しもうよ」
　そう言って、宏哉が映画のチケットを見せてきた。
　今人気の恋愛映画だ。
　今日のために選んで用意したのだろう。
　でも、あいつが来ないなら意味がないのだ。
　宏哉と普通のデートをしたって楽しくもない。
　せっかく楽しい日になるはずだったのに、気分は最低だ。
「あのさ、悪いけど今日は帰るね」
　あたしはそっけなく言って宏哉に背中を向けた。
「え？　ちょっと待ってよ！」
　宏哉があたしの手を掴むので、仕方なく立ち止まる。
　こういうカップルっぽいことも、したくない。
「何？」
　不機嫌さを隠しもせず、あたしは尋ねる。
　宏哉は躊躇しながらも「せっかく映画のチケットがあるんだから、行こうよ」と、言ってきた。
　必死になって笑顔を作っている宏哉だけど、少しだけ目元がひきつっている。
　何か言いたいことがあるのに、我慢している感じだ。
「あのさ、言いたいことがあれば言っていいよ？」
　あたしはため息交じりに口を開いた。
　宏哉は瞬きをして、それから笑顔を消した。
「じゃあ言うけど、昨日は何してた？」
「昨日？」
　あたしは怪訝な表情を宏哉へ向ける。

「いくらメッセージ送っても返事がなかった」
「バイトだよ」
「昨日は休みの日だろ？」
　強い口調になって食い下がる宏哉にため息が出た。
　あたしが浮気でもしているのではないかと、疑っているのだろう。
「今日休みにしてもらったから、昨日出たんだよ」
「本当に？」
　あぁ、本当に面倒くさい。
　あたしは宏哉を見上げてニッコリとほほ笑んだ。
「本当だよ。彼女を信じないの？」
　小首をかしげて尋ねると、宏哉は頬を赤く染めた。
「もちろん信じてる」
「それなら、今日はもう帰らせてね？　疲れてるの」
「そんな……」
　眉を下げる宏哉。
　これほどその気がないと伝えているのに、まだ食い下がろうとしてくるなんて、宏哉はあたしのことが大好きなのだろう。
　けれど、そんなことを気にして無駄な時間を過ごしたくない。
「ごめんね。今日はお母さんが熱を出してるの。みんなとの約束だと思ったから来たけど、本当はすぐにでも帰ってあげたいの」
　スラスラと嘘を並べる、あたし。

罪悪感なんて少しもなかった。
　宏哉はあたしの説明を聞いて驚いたように目を丸くして、こちらを見つめた。
「なんだ、そうだったんだ。それなら早く言ってくれたらいいのに」
　宏哉はそう言って引き止めていた手を離した。
　ようやく解放されてホッとため息が出る。
　あたしは改めて宏哉に背を向け、一度立ち止まって振り向いた。
　宏哉はニコニコと笑みを浮かべてこちらを見ている。
「帰る前に1つだけ教えて」
　あたしの言葉に、宏哉は急にパッと表情を明るく変える。
　あたしに頼られることが何よりもうれしいみたいだ。
「何？　なんでも言って」
　宏哉は表情と比例する明るい口調で聞いてきた。
「お兄さんの彼女の名前って何？」
　ここまで来て何も収穫なしで帰るよりも、そのくらいの情報は得ておきたかった。
「兄貴の彼女の名前？　なんでそんなの知りたいんだよ」
「なんとなく？」
　あたしの返答に、宏哉は少し困ったような顔をした。
　勝手に教えていいかどうか悩んでいる様子だ。
　変なところで律儀で、イライラしてくる。
「あたしには教えられないの？」
「そんなことないよ。ちょっと悩んだだけ」

宏哉は慌てて言うと左右に首を振った。
「それなら教えて？」
「兄貴の彼女の名前は幸田ミオリだよ」
　へぇ……。
　ミオリって言うんだ。
　あたしはその名前を頭の中で復唱する。
　絶対に、忘れないように。
「かわいい子？」
「まぁ、そうだなぁ」
　首をかしげる宏哉。
「俺から見れば彩愛のほうがかわいいけど」
　そんなありきたりな言葉で女が喜ぶと思っているんだろうか。
　心の中が冷めていくのを感じながら、あたしはニッコリとほほ笑んだ。
「ありがとう宏哉。映画はまた今度一緒に行こうね」
　あたしはそう言うと、宏哉をその場に残して歩き出したのだった。


　アルバイト先の服屋まで戻ってきたところで、あたしはスマホを取り出した。
【花音。今何してる？】
　そうメッセージを送ると、すぐに返事が来た。
【家にいるよ。どう？　計画は上手く行った？】
【全然ダメ。剛の奴が来ないから宏哉も置いて帰ってき

ちゃった】
【嘘!?　来ないとか意味ないじゃん!】
　その文章には怒った絵文字が添えられている。
　あたしもまったく同じ気持ちだった。
【そうなんだよね。だけど剛の彼女の名前は宏哉から聞き出した】
【そっか。それなら少しは収穫があったってことだね?】
【そうだね。ねぇ花音、今から会える?】
　せっかく時間ができたのだ、このまま帰るのはもったいないし、さっき花音からのメールに書いてあった『面白いもの』も見てみたい。
　宏哉なんかと一緒にいるよりも、花音といたほうがずっと楽しい。
【もちろんだよ!】
　花音からの返事を確認し、あたしはほほ笑んだのだった。

　それから数時間後、あたしと花音はファミレスにいた。
　花音のポニーテールに束ねられた長い栗色の髪が艶やかに輝いている。
　生まれつき色素が薄いという花音の髪色は、あたしの憧れだった。
「ねぇ、雑貨屋で見つけた面白いものって何?」
　席に座るなりあたしはさっそく尋ねる。
　朝からずっと気になっていたのだ。
「あたしもその話がしたくて、ちゃんと持ってきたの。こ

れだよ」

 そう言って花音がカバンから取り出したのは1冊の日記帳だった。

 だけど、普通の日記帳に比べて、ずいぶんと薄っぺらい。
「何これ」
 あたしは日記帳を手に取り裏返して確認する。

 しかし、とくに変わった感じはしない。

 花音がわざわざ連絡してきたにしては、味気ないものだなと感じた。

 そんなあたしの気持ちを察したのか、花音が「ページを開いてみてよ」と、促してきた。

 花音に言われたとおり最初のページをめくってみると、【復讐日記】と書かれているのが目に入った。
「復讐日記?」
 あたしは首をかしげて花音を見る。
「使い方も読んでみて」
 そして再び視線を日記へと移すと、たしかにこのノートの使い方が書かれているようだった。

(1) この日記に書いたことは、書いた本人の目の前で実行されます。
(2) まず最初に、最後のページに復讐したい人間の結末を書いてください。
(3) 最初のページに戻り、復讐したい人間の名前と内容を書きます。

（4） 30日分、休まず書いてください。

「何これ」
　読んでみてもサッパリ意味がわからない。
「よくマンガとかであるじゃん。書いたことが現実に起こるノートって」
　花音が目を輝かせながら言う。
「あぁ、そういうのよくあるね」
「それと同じじゃないかなって思ってるんだよね」
　花音の言葉にあたしは目をパチクリさせてしまった。
「本気で言ってる？」
　真剣な表情で聞くと、花音がプッと噴き出した。
「そんなノートがあるわけないよねぇ」
　そして、そう言って笑い出す花音にホッと胸を撫でおろす。
「びっくりした。本気で言ってるのかと思った」
「そんなわけないじゃん。面白いものが売ってあるなぁと思って、買ってみただけ」
　花音の言葉にあたしは頷く。
　それなら納得だ。
「たしかに面白いよね。このノートがペラペラなのって、きっと説明書きにある【30日分書く】っていうのに沿ってるんだろうね」
　あたしはノートの説明書きを読み直しながら言った。
「なるほど。結構リアルにできてるね。このノート、彩愛

にあげる」
「くれるの?」
「うん。嫌なことって文字に書けばスッキリするっていうしね」
「そっか……」
　こんなノートに書いたって、そう簡単に傷は癒えない。
　だけど、自分の気持ちを整理できていいかもしれない。
「ありがとう花音」
　あたしは花音にお礼を言うと、ノートを自分のカバンにしまったのだった。

## 試しに

　花音から日記帳をもらったあたしは、そのまま家に戻ってきていた。
　予定より少し早い時間に戻ってきたあたしに、母親は安堵の表情を浮かべている。
　１年前のあの日から、あたしたち家族まで変化してしまったように感じられて胸が痛んだ。
　あたしのせいで、こんなにぎこちない生活が続くなんて嫌だった。
　早く昔のように戻りたいのに、なかなか戻ることができずにいる。
　あたしは母親に元気な声をかけ、自室へと戻った。
　テーブルの上に日記帳を置いてペラペラとめくってみるけれど、やっぱりなんの変哲もないノートだ。
　今はアニメや映画のグッズがたくさん出ているから、これもそういったものの１つなのかもしれない。
　作品名やキャラクターのイラストが入っていないから、なんのグッズかわからないけれど。
「せっかくだから何か書いてみようかな」
　あたしはそう呟き、ペンを持った。
　バイトで使う以外にペンを持つなんて、久しぶりなことだった。
　学生時代には、嫌でも毎日使っていたものなのに。

こんなちょっとしたことでも、あたしの心は暗い闇の中へと引き込まれてしまいそうになる。
　あたしは気を取り直すように強く頭を振った。
　せっかく花音がくれたのだから、余計なことを考えるのはやめよう。
「ノートを使うのも久しぶりだな」
　そう呟き、1ページ目を開いた。
　そこでふと思い出した。
　そういえば、この日記は最初に最後のページを埋めなければいけないんだっけ。
　復讐したい相手が最終的にどうなるのかを、書いておくのだ。
「あいつを最終的にどうしたいかなんて、決まってる」
　あたしはそう呟いて奥歯を噛みしめた。
　あたしの赤ちゃんと同じようにしてやるのだ。
　1人じゃ寂しいだろうから、ついでに彼女の幸田ミオリと一緒にね。
　そう考え、日記帳の最後のページにペンを走らせる。
【幸田ミオリと坂藤剛は死亡する】
　あたしは1ページ丸々使って、大きな文字でそう書いたのだった。


　翌日、目が覚めたあたしの気分はスッキリとしていた。
　昨日ノートに書いたおかげかもしれない。
　文字にすることでストレスが発散されるなら、とてもい

いことだった。
「そういえば、この日記って毎日書くんだっけ？」
　バイトに行く支度を済ませてから、あたしはテーブルの上のノートに視線を移した。
　復讐日記だから何時に書いても大丈夫そうだ。
　スマホで時間を確認し、出勤時間までもう少しあることを確認すると、あたしはテーブルの前に座った。
　ただ書くだけで今日みたいにスッキリできるなら、毎日だって書いていられる。
　手始めに何を書いてやろうか。
　そう考えて舌なめずりをする。
　最終的に死ぬのだから、それまではジワジワと苦しめてやりたい。
　あいつの周囲の人間から痛めつけていくのも楽しいかもしれない。
　考え始めると楽しくて、時間はどんどん過ぎていく。
　気がつけば出勤時間が迫ってきていて、あたしは慌ててペンを走らせた。
　まずはあいつの両親だ。
　あたしが妊娠したと知った時、あいつらは本当に剛の子供なのかと言ってきたのだ。
　あたしはそれまで未経験だったのに、あいつらはそれを信じようともしなかった！
　あいつらがすんなり認めていれば、あたしは今、子供を産むことができていたかもしれないのに！

思い出せば思い出すほど許せなくなってくる。
　あの両親の言葉を聞いた時の剛の表情。
　あたしが未経験だったということは剛が一番わかっていたはずなのに、疑わしそうな視線を向けてきた。
　あたしをかばう素振りなんて少しも見せず、黙って親の言葉を聞いていただけだった。
『なんとか言って』
　一言そう言うことができたらよかったけれど、一方的に責められ、人を見下したような剛の両親の態度に、何も言うことができず、ただ耐えるだけだった。
『どうして黙ってたの!?』
　ようやく地獄のような時間から解放された時、あたしは剛へ向かって尋ねた。
『反抗したら余計に面倒くさいだろ』
　すると、剛はあたしを突き放すように言ったのだ。
　いくら面倒くさくても、自分の彼女があんなに責められているところを見たら普通は何か言うだろう。
　しかし、剛はそれもしなかった。
『っていうかさぁ』
　それどころか、不意に気だるそうな声を上げた剛。
『何……？』
『本当に、俺の子供？』
　その言葉を投げかけられた瞬間、あたしの頭の中は真っ白になっていた。
　この人はいったい何を言っているんだろう？

自分が何を言っているのか、理解しているのだろうか？
『あ……当たり前じゃん！！』
　そう怒鳴ったあたしの顔は、相当ひどかったと思う。
　ショックや怒りや、やるせなさが混ざり合い、自分でもよくわからない表情をしていたと思う。
　そんなあたしへ向かって剛は、『ふぅん』と呟いただけだった。
　そこまで思い出して、あたしはペンを力強く握りしめた。
【坂藤建太と坂藤真紀が交通事故で死ぬ】
　そう殴り書きをして、部屋を出たのだった。

## 目の前で

　バイト先の服屋は平日でもお客さんで賑わっていた。
　安さを売りにしている店だから、一度に購入していく品数も多い。
「彩愛ちゃん、先に休憩に入っていいよ」
　昼近くまで仕事をしたあたしに、パート従業員の吉野さんが声をかけてくれた。
　お客さんの数もひとまず減ってきたところだった。
「ありがとうございます」
　あたしは吉野さんへ軽くお辞儀をしてレジから出た。
　いつもレジから出た瞬間、解放感を得ることができる。
　昼休憩が終わればまた仕事に戻るにしても、いったんこの場所から離れられることがうれしい。
　ずっとレジから離れられないため、午前中だけで足はパンパンになっていた。
　ご飯やおやつの時間はパートさんとの交流もできるし、一番好きな時間帯だった。
　あたしはいったん更衣室へ戻ってエプロンを外し、店外へと急いだ。
　財布だけ持ち、隣接したスーパーへと足を運ぶ。
　あたしのお昼ご飯は大抵ここのお弁当だった。
　昨日お給料が出ているから、少しいいお弁当を買おう。
　そう思いながらお弁当を選び始めた時、数人の女子高生

たちが大きな声で会話をしながら店内へと入ってくるのが見えた。
　まったく知らない人たちなのに、とっさに商品棚に身を隠してしまう。
　悪いこともしていないのに、心臓がバクバクとうるさくなってくる。
　あたしは普通の高校生よりお金があって、彼女たちのお小遣いじゃ買えないものも買える。
　だけど、そうじゃないんだ。
　そんなことでは満たされないものが、あたしの心の中にある。
　彼女たちを見ていると、孤独で胸が押しつぶされてしまいそうになるのだ。
　あたしは女子高生たちがおにぎりのコーナーに立ち止まったのを見て、別の棚へと移動した。
　のんびりしていたら休憩時間がなくなってしまう。
　そう思い、隣の棚からカップラーメンを１つ手に取った。
　200円でお釣りがくるラーメンに、ため息を吐き出した。
　女子高生たちは相変わらず同じ場所で騒いでいる。
　今日はこれで我慢するしかなさそうだ。
　胸の中に黒いモヤが広がっていくのを感じる。
　復讐日記に思いを書いたことでスッキリしていたのに、彼女たちのおかげで台無しだ。
　いまだに騒ぎ続けている女子高生たちを軽く睨んでレジへと向かう。

まるで逃亡犯のように顔を伏せながら手早くカップラーメンを買い、スーパーの外へ出た。

　よく晴れているけど気温は低く、雪でも降ってきそうな雰囲気だ。

　早く食べて温まろう。

　そう思った時だった。

　スーパーの前に面している大通りの信号機が青になったのを見た。

　1カ所じゃない。

　歩行者の信号も、車の信号も、すべてが青なのだ。
「え？」

　驚いて立ち止まった瞬間、何も気がついていない2人の歩行者が歩き出した。

　車の運転手たちが混乱したように周囲を確認する中、2人は会話をしながら歩き続けて、異変に気がついていない。

　その時、まわりの車は停車しているというのに1台の大きなトラックが走ってくるのが見えた。

　歩行者は気がつかず歩いている。

　トラックは止まらない。

　スピードを落とす気配もない。

　異変に気がついた人たちが信号機を指さして、ざわめき始めた。
「おい！　危ないぞ！」

　歩道を歩いている2人へ向けて誰かがそう叫んだ。

　が、それが悪かった。

突然声をかけられた２人は、その場で立ち止まってしまったのだ。

　何事かと周囲を見まわし、キョトンとした表情を浮かべている。

　数秒後、トラックが猛スピードで走ってくることに、ようやく気がついた。

　しかし２人は棒立ちになっていて動けない。

　あちこちから危険を知らせるためのクラクションが鳴り響く。

「なんで止まらないの!?」

　思わずそう叫んでいた。

　トラックは棒立ちになっている２人へ向け、なんの躊躇も見せずに突き進む。

　次の瞬間……２人の体は空高く撥(は)ね飛ばされていた。

　それはまるでスローモーションのようだった。

　撥ね上げられた２人の体から鮮明な血があふれ出し、空中で虹(にじ)のように弧を描いた。

　それは花火のようにパラパラと散らばって落下していき、コンクリートに真っ赤な花びらを描く。

　あたしは唖然(あぜん)として、その光景を見つめることしかできなかった。

　何もできない。

　動くことすらできなかった。

　トラックの大きさと出ていたスピードのせいで、２人の体はぶつかった瞬間に散り散りになっていた。

まるで電車事故のように、四方へ飛び散る肉片。
そんな中、2人の体の一部がバラバラと落下し始めた。
飛び出した内臓、千切れた指、そして、頭部。
2つの頭部はまるでボウリングの玉のようにクルクルと回転しながら空中を舞い、ゆっくりゆっくり落ちてくる。
「あっ……」
思わず声が漏れていた。
逃げようと気持ちが焦り、足が一歩前へと出る。
しかし、間に合うはずがなかった。
頭部はこちらめがけて落ちてくる。
いち早く気がついた人たちが逃げていくのが見える。
あたしも、逃げなきゃ。
そう思うのに、まるでコンクリートにくっついてしまったかのように、足は動いてくれない。
さっきの2人を、そのまま再現したかのようだった。
次の瞬間、2人の頭部があたしの足元へと落下し、クシュッと鈍い音を立てて破損した。
はみ出た脳味噌(のうみそ)が、あたしの靴を汚す。
その頭部は……見間違いようもなく、剛の両親のものだった。


目が覚めた時、あたしは病院のベッドの上にいた。
真っ白な部屋に一瞬目がくらむ。
頭を動かして窓の外を見ると、すでにオレンジ色に染まりつつあった。

あたし、何してたんだっけ？
　記憶にモヤがかかっているようで、はっきりしない。
　どうしてここにいるのかを思い出そうとすると、軽い頭痛に襲われた。
　体が少し痛むけれど、ケガをしている様子はない。
　体調が悪かったんだっけ……？
　そう考えた瞬間、目の前で起こった悪夢を思い出し、息をのんでいた。
　そうだ、昼休憩だからスーパーにお弁当を買いに行って、それで……。
　そこまで考えて急に吐き気を感じて、きつく目を閉じた。
　あたしの目の前に落下してきた２つの頭部。
　コンクリートに打ちつけられ、脳味噌が散らばる。
　それらすべてを一気に思い出してしまった。
「うっ……」
　あたしは小さくうめき声を上げて口に手を当てた。
　胃が締め上げられる。
　トイレはどこだろうか。
　そう思って上半身を起こすとめまいを感じ、そのままベッドに逆戻りしてしまった。
　吐き気は止まらない。
　必死にナースコールを探し、どうにかボタンを押すことができた。
「海老名(えびな)さん、大丈夫ですか？」
　すぐに若い看護師さんが来てくれたので、あたしは吐き

気を訴えた。
「大丈夫ですよ。無理しないで」
　あたしの背中をさすりながら、そう声をかけてくれる看護師さん。
　ありがたいけど、その人のシャンプーの香りが今は余計に気分を悪くさせた。
　それから10分ほど経過した時、病室に母親がやってきた。
　母親は目に涙を浮かべている。
「彩愛、大丈夫だった!?」
「うん、なんとかね」
　無理やり笑ってみせるけど、ついさっき吐いたばかりで元気が出ない。
「事故を目撃するなんて、かわいそうに」
　すると、あたしの手を握りしめる母親。
　少し過剰だと感じるこの反応も、あたしが子供をおろしたあとから始まった。
　本人にその自覚はないみたいだけれど、こうした様子を見るたびにあたしは暗い気持ちになる。
「仕方ないよ」
　あたしは母親の手を握り返して言った。
　安心させるように手の甲をさすってみると、シワの多さが気にかかった。
「偶然にしても、あんなことが起こるなんてね……」
「そうだよね、あたしも驚いた」
　あたしはそう言いながら、ゆっくりとあの事故について

思い出していた。
　最初、信号機が全部青に切り替わったのだ。
　それに気がつかなかった剛の両親が、横断歩道を渡り始めた。
　けれど、周囲の車は異変に気がつき、横断歩道に侵入していなかった。
　それなのに……走ってきたトラックは減速せず、2人に突っ込んでいった。
「信号機が壊れてたの？」
　あたしが母親へ向けて尋ねると、
「そうみたいね。全部の信号が青になるところを、たくさんの人が目撃してたみたい」
　母親は何度も頷きながら答えた。
　やっぱりそうなんだ。
　機械は、しょせん人間の作ったものだ。
　不具合が起こっても不思議じゃない。
　でも、周囲の車が停止している中、トラックだけが突っ込んできたことは不思議だった。
「2人を撥ねたトラックは？」
　あたしの質問に、途端に母親は暗い表情になった。
　何かあったのかもしれない。
「トラックの運転手さんは、横断歩道へ突入する少し前に心臓発作を起こしていたらしいの」
「心臓発作……？」
　あたしは目を見開いて聞き返した。

それじゃ、2人を撥ねる前に運転手はすでに意識がなかったのかもしれない。
　ブレーキが踏めなかったのだ。
　それを知り、あたしは今朝自分で書いた日記のことを思い出していた。
　剛の両親が交通事故で死ぬように書いた。
「偶然……？」
　小さな声で呟く。
「何が？」
「ううん、なんでもない」
　あたしはそう言いながら、震える自分の体を両手で抱きしめたのだった。

## 続ける

　家に戻った時、周囲はすでに真っ暗になっていた。
　あれから簡単な検査を受け、事故を目撃したということで警察にも話を聞かれ、すっかり夜になってしまった。
　店長とパートの吉野さんに謝罪のメールを送信すると、あたしのシフトは明日休みになったと教えてくれた。
　店長は気をつかってくれたようだ。
　あたしも、今日あんな場面を見てしまった場所に、明日も行くなんて耐えられなかった。
　お礼のメールを送り、ホッとため息を吐き出した。
　今日はいろいろなことがあって疲れてしまった。
　けれど、まだ眠ることはできない。
　どうしても確認しなきゃいけないことがある。
　あたしはテーブルの前に座り、復讐日記を手に取った。
　これに書いたとおりのことが起こった。
　ただの偶然かもしれないけれど、説明書きには書いた本人の目の前で実行されるとある。
　それも当たっているのだ。
「もしかして、本物……？」
　あたしは呟きながら、ノートを確認する。
　裏も表もなんの変哲もないノート。
　これが脅威になるなんて思えなかった。
　あたしはスマホを取り、花音にメッセージを送った。

【今日、剛の両親が死んだよ】
【知ってる。宏哉から聞いた】
　その返事を見て、あたしはいったん深呼吸をした。
　花音はあたしの言うことを信じてくれるだろうか。
【あのね花音、あたし日記に書いたの。剛の両親が事故死するって】
【え？】
【日記の説明を覚えてる？　書いた本人の目の前で実行されるっていうやつ】
【覚えてるよ】
【今日のお昼にね……あたしの目の前で、剛の両親が事故に遭ったの】
　そう送ると、花音からの返事が止まった。
　信じてもらえなかったのかもしれない。
　それとも、考えているのかもしれない。
【もしその日記が本物なら、捨てたほうがいいかもしれないね】
　15分ほど経過して、花音からメッセージが届いた。
【そうだよね。だけど説明には30日分毎日書かなきゃいけないって書いてある】
【そういえばそうだっけ……】
【この日記がなんなのか知るためにも、説明はちゃんと守ったほうがいいよね】
【そうだね。書き続ければその日記が本物かどうかもわかる。ただ……目の前で起こる出来事に彩愛が耐えられるか

どうかだよ？】
　花音のメッセージにあたしは固まってしまった。
　そうだ。
　ここに書いた出来事は、すべてあたしの目の前で起こるのだ。
　剛への復讐ができるにしても、自分が耐えられなかったら意味がない。
　今回のように過激すぎることは書けないということになるのだ。
　歯がゆさを感じて奥歯を噛みしめた。
　でも、もう最後のページは書いてしまったのだ。
　あたしの目の前で剛と剛の彼女は死ぬ。
　それを現実にするためには、これから先も日記を書き続けないといけない。
　途中で書くのをやめたらどうなるのか。
　それは書かれていないけれど、最後の願いが叶わないような気がしていた。
【まだ本物かどうかわからないし、とりあえずもう少し使ってみる】
【そっか】
【うん。それに、自分で書いたことくらい耐えてみせる】
　あたしはそう送ったのだった。

　その日のうちに宏哉からメッセージが届いた。
　両親が亡くなったことが書かれている。

あたしが目撃者の1人だなんて、思ってもいないようだ。
【彩愛も葬儀に出席してくれないか】
　そのメッセージに、あたしは顔をしかめた。
　またあの2人の顔を見なきゃいけないのかと思うと、正直行きたくはなかった。
　でも……あたしが葬儀に誘われるということは、きっとミオリも来るのだろう。
　どんな女か確認しておきたい気持ちがあった。
　それに……。
　あたしはそっと復讐日記に手で触れた。
　次のターゲットとしてミオリは相応しい。
　死ぬ前にジワジワと痛めつけてやる。
【わかった、あたしも参加する。葬儀はいつになるの？】
【ありがとう。2日後の朝からになったよ】
　2日後の朝。
　それなら、明日は1日空いているということだ。
　あたしはスマホを閉じてニヤリと笑う。
　まだ本物かどうか確信はないけれど、日記を使うチャンスだった。
　さっそくペンを握りしめ、復讐日記を開いて明日の日付を記入した。
　明日、ミオリには思いっきり傷ついてもらう。
　明後日の葬儀に出られないくらいにね……。

　翌日、あたしはバイト先に来ていた。

今日は休みになっているけど、明日葬儀に出席するため、その休みを取りに来たのだ。
「海老名さん、大丈夫？」
　事務所へ入っていくと、ちょうど休憩中だった吉野さんが声をかけてきてくれた。
「ありがとうございます。なんとか大丈夫です」
　そう言って笑みを浮かべる。
「それならいいけど、無理しないでね？」
「はい。あの、店長はどこにいますか？」
　あたしは事務所内を見まわし、店長がいないことを確認して尋ねた。
「店長は今日急きょお休みになったの。娘さんが風邪をひいたらしくて」
「お休みですか……」
　それなら電話で伝えるしかなさそうだ。
　『常識がない』とか『やる気がない』と思われるのが嫌で、大切なことは全部面と向かって話すようにしていたけど、こればっかりは仕方なさそうだ。
「店長に何か用事？」
「はい。昨日事故に遭った人たちが、偶然あたしの彼氏の両親だったんです。それで、あたしも葬儀に出席することになって、できればお休みをいただきたいんです」
　あたしの言葉に、吉野さんは驚いたように目を丸くした。
「そうだったの!?　そんな偶然があるのね……。それなら私から店長に連絡しておくから」

吉野さんの申し出に一瞬迷う。
　誰かに伝えてもらうなんて、印象が悪くなりそうだ。
「大丈夫よ。海老名さんの頑張りは店長もちゃんと見てるんだから、そのくらいのことで何かが変わったりはしないから」
　あたしの懸念を見越したように、吉野さんはそう言ってくれた。
　そこまで言ってくれたのに断る理由はない。
「いいんですか？」
　おずおずと尋ねると、吉野さんは気づかうような口調でこう言った。
「もちろん。海老名さん、本当に無理しないようにね」
「大丈夫です。ありがとうございます」
　あたしはお礼を言い、事務所をあとにしたのだった。

## 帰り道

　バイト先から出たあたしは、昨日の事故現場になった歩道に立っていた。
　今はもう、いつもどおりの景色が戻ってきている。
　でも、白線の上にはぬぐいきれなかった血痕がしっかりと残っていた。
　警察の人の話だと信号機の誤作動とトラックの運転手の心臓発作が事故の最大の原因らしいけれど、あの事故はあたしが引き起こしたものだったとしたら。
　みんながそれを知ったら、いったいどんな顔をするだろうか？
　両親はきっと驚くだろう。
　あたしを心配してくれていた吉野さんも、驚いて卒倒してしまうかもしれない。
　そう考えるとおかしくなって、つい笑みがこぼれていた。
　昨日の出来事は衝撃的だったけれど、その分、自分の中のストレスが軽減されたように感じられる。
　スッキリとした気分だ。
　この日記と出会う前までは、剛とミオリの前に現れて、剛があたしにやったことを暴露する予定だったけれど、そんな復讐、どうでもよくなっていた。
　今のあたしなら、もっと過激な復讐をすることができるのかも。

そう思うと、この世のすべてを手に入れたような感覚になる。
　鼻歌を歌いながら家へと続く道を歩いていると、小柄な女性が細い路地へと入っていくのが見えた。
　見知らぬ女性。
　白いスカートに茶色いコートを着て、髪の毛は肩くらいまでのボブだ。
　とくに変わった様子はない。
　だけど、なぜだかその女性のことが気になった。
　まるで手招きでもされているかのような感覚がして、あたしは彼女のあとをついていった。
　こっちからでも家に帰れるし、何も問題はない。
　今日は運よくニット帽をかぶっていたので、深くかぶれば顔がバレることもないだろう。
　そんなことを考えながらニット帽をかぶり直す。
　女性は買い物帰りのようで、手にはコンビニの袋が握られている。
　袋から透けて見えているのはジュースとお菓子だ。
　あたしはどうしてこの人のことが、こんなに気になるんだろう？
　疑問に首をかしげたその時だった。
　女性が何かに躓（つまず）き、体のバランスを崩した。
　その拍子に女性のスカートのポケットから何かが落ちた。
　しかし女性は気がつかずにそのまま歩き始める。
　あたしは早足で追いかけ、地面に落ちていた白いパス

ケースを拾い上げた。
　中身を確認してみると、中に挟まっていたのは1枚の写真だった。
　女性と、剛のツーショット写真。
　あたしは目を見開き、何度もその写真を確認した。
　間違いない。
　ここに写っているのは剛だ。
　写真の中の剛は前よりも髪が伸びているけれど、これだけ憎んでいる相手なのだから、見間違いようがない。
　あたしはハッとして顔を上げた。
　あの子がミオリだ……。
　ミオリは鼻歌を歌いながら歩いている。
　あたしはニヤリと笑い、今朝復讐日記に書いた内容を思い出していた。
【幸田ミオリが見知らぬ男にフォークで突き刺される】
　あれは本当に実行されるのだろうか。
　あたしは早足でミオリの後ろへと近づいた。


　ミオリはあたしの存在にも気がついていない。
　路地はどんどん狭く、薄暗くなっていく。
　通り魔がやってきてもすれ違えないかもしれない。
　そう思ったあたしは少し歩調を緩め、ミオリとの距離を置こうとした。
　ところが、足が勝手に前へ前へと進んでいくのだ。
「え、なんで……？」

思わず呟いた。
　自分の意思とは関係なく、どんどんミオリに近づいていくあたし。
　なんで？
　なんで止まらないの!?
　ブレーキが利かない自分の足に焦った、その時だった。
　路地の反対側から、１人のサングラスをかけた怪しげな男が現れた。
　黒い服を着てフードを深くかぶっている。
　反射的に悲鳴を上げそうになったのに、声はまったく出なかった。
　乾いた空気が喉から抜けていく。
　怪しい男の雰囲気に冷や汗が流れていくのを感じた。
　それなのに、ミオリはまったく動じることなく淡々と歩き続ける。
　あたしの足も止まらない。
「あ……もしかして」
　ツッと冷たい汗が額から頬へと流れ落ちていく。
　もしかして、あの日記に書かれたことは誰にも邪魔できない？
　書いた本人であっても、それを止めることはできない？
　もう一度悲鳴を上げようとした。
　けれどやっぱり声はかすれて出てこない。
　恐怖心からじゃない。
　誰かに喉を押さえつけられているような感覚がする。

男とミオリがすれ違う。
　その、瞬間……！
　男の右手にフォークが見えた。
　男はそれを躊躇することなくミオリへと振りおろす。
　フォークは一瞬にしてミオリの頬に突き刺さり、男はそのままあたしの隣を駆け抜けた。
　ミオリが悲鳴を上げたのは、それから少し時間がたってからのことだった。
　あたしは棒立ちになり、その光景を見つめていた。
「助けて……」
　青ざめたミオリが振り向き、か細い声を上げる。
　目からは涙があふれ、視線は虚ろだ。
　帽子がなくても、きっとミオリにはあたしの顔は、はっきり見えていないだろう。
　頬にはまだフォークが突き刺さったままだ。
　これを引き抜けば、きっとたくさん血が流れ出ることだろう。
　あたしはジッとミオリを見つめた。
　これが剛の新しい彼女。
　何も知らない、幸せな女。
　今は青ざめた顔をしているけれど、きっと剛の腕の中では、ほほ笑んでいるのだろう。
　そう考えると、今の傷ついたミオリを見ていても怒りが込み上げてきた。
　焦りや恐怖が一気に沈静化していく。

「お願い……」
　ミオリの声が震えている。
　そんなに助けてほしかったら、助けてあげるよ。
　あたしは無言のまま、ミオリへ近づいた。
　そして突き刺さったフォークを握りしめる。
　まずは、これを抜いてあげないとね。
　我慢ができず、笑みを浮かべてしまった。
　それを見たミオリが恐怖で顔を歪める。
「やめっ……！」
　ミオリが目を見開いた瞬間、あたしはフォークを一気に引き抜いた。
　ミオリが悲鳴を上げてうずくまる。
　傷口からは次々と血が流れ出し、ミオリの顔を真っ赤に染めていく。
　思わず声を上げて笑い出しそうになり、必死で口元を押さえた。
　剛はミオリの顔が好きで付き合っていたかもしれない。
　もしそうだとしたら、これでミオリは振られてしまうかもしれない。
　……いい気味。
「助けて！」
　叫ぶミオリを見おろして、あたしは何も言わずその場をあとにしたのだった。

## 本物

　その日の夜、あたしは花音とファミレスで会っていた。
「急に会いたいなんて言うからびっくりしたよ」
　花音はオレンジジュースをひと口飲むと、ゆっくりと話出した。
「ごめんね。どうしても花音に話したいことがあって」
　あたしはホットココアを手で包み込む。
　冷えた手がジンワリと温かくなって、心地いい。
「話したいことって何？」
「あの日記、本物だよ」
　無意識に声が小さくなってしまう。
　体を前のめりにして小さな声で言ったあたしに、花音は瞬きをした。
　けれど、花音はちゃんと聞き取ってくれたようだ。
「え？」
「今日、剛の彼女のミオリが通り魔に遭ったの。あたしが日記に書いたから」
　あたしはそこまで言うと、カバンから復讐日記を取り出してテーブルに広げた。
　そこには剛の両親のことも、ミオリのこともあたしの字で書かれている。
「これ、本当に？」
　花音は何度も復讐日記を読み直して尋ねてきた。

「本当だよ。あたしがこの日記に書いたことが実行されているの」
「でも、この日記は雑貨屋に普通に売ってたんだよ？　そんなこと起こるはずない」
　花音はそう言って眉間にシワを寄せた。
「そう思うのは無理もないけど、でも現実に起こってるの」
　あたしは真剣な表情で言う。
　どう言えば花音は信じてくれるだろうか。
「今日バイト先からの帰り道、気になる女性がいてあとを追いかけたの。自分でもどうしてその人のことが気になるかわからなかったんだけど……その人がミオリだったんだよ」
　あたしの説明を聞いても、花音はまだ怪訝そうな顔をしている。
　でも、あたしがミオリのパスケースを取り出して花音に見せると、花音は唖然とした表情を浮かべた。
「これがミオリ？」
「うん。その時ミオリが落としたの」
　花音は、まじまじと写真を見つめている。
「それだけじゃない。あたしがミオリから少し距離を置こうとしても、できなかった。足が勝手にミオリについていくの。通り魔が現れて声を上げようとしても、声も出なかったし。計画を実行するために、誰かに邪魔されてる感じがしたんだよ」
「それじゃまるで、この日記がそうさせてるみたい……」

花音の言葉にあたしは大きく頷いた。
「そうなんだよ花音！　きっとそのとおりなんだよ！」
　ようやく伝わった、という喜びで、つい声が大きくなってしまう。
「彩愛、本気で言ってるの？」
「だって、そうじゃなきゃ説明がつかない！」
　あたしの言葉に、花音はまた日記に視線を落とした。
　その表情は真剣なものに変わっている。
「もう一度、説明をしっかり読んでみよう」
　花音にそう言われて、あたしは頷いた。


（1）　この日記に書いたことは、書いた本人の目の前で実行されます。
（2）　まず最初に、最後のページに復讐したい人間の結末を書いてください。
（3）　最初のページに戻り、復讐したい人間の名前と内容を書きます。
（4）　30日分、休まず書いてください。


「最初に、最後のページに結末を書かせるっていうのは、4番目の30日分休まず書くっていうところに繋がってくるんだろうね」
　花音がそう言った。
「たぶんそうだよね。最後のページを書かせておくことで、そこに繋がるように毎日書けるようになるから」

「でも、そうしなきゃいけない理由がどこにも書かれてないよね」
　花音はそう言い、ページをめくり始めた。
「もしこの説明を破って書かなかったら、どうなるのかな」
　花音の言葉にあたしは目を見開いた。
「まさか、なんにもならないでしょ」
「本当にそう思う？」
　そう聞かれたら、なんとも返事ができなかった。
　この日記は普通じゃない。
　もしも守ることができなかったら、なんらかのペナルティがあってもおかしくはないのかもしれない。
　そう思いながら、花音と2人で日記帳を確認していく。
「あ！」
　日記を隅々までチェックしていた花音が急に大きな声を上げた。
「何？」
「これ、見て！」
　そして、最後のページを見せてくる花音。
「何？　何もないじゃん」
　そこにはあたしが最初に書いた文章が残っているだけだった。
「ここだよ、ここ！」
　そう言って花音が指さしたのは裏表紙のほうだった。
　下のほうをよく見てみると、小さく文字が印刷されているのがわかる。

「何これ……」
　目を細くして確認すると……。

（5）　途中で書くのをやめた場合、書いた本人にすべての出来事が戻ってきます。

　読んだ瞬間、思わず息をのんでいた。
　こんな文章、今までまったく気がつかなかった。
　完全に見落としていた。
　いや、わざと見えないように書かれているのだ。
　こんなの、誰にも気がつかないだろう。
「こんなところに書くなんて卑怯(ひきょう)」
　花音が大きくため息を吐き出しながら言う。
「まったく気がつかなかった……」
　視力が悪いわけじゃないあたしでも、見つけることができなかったくらいだ。
「やっぱり、ペナルティがあったんだね」
「でも大丈夫、気がついたんだから書き続ければいいだけだよ」
　あたしは花音に向かってほほ笑んだ。
　もともと、最後までちゃんと書く予定にしていたし、ペナルティがあっても何も変わらない。
「彩愛……ごめんね。あたしがこんな日記を見つけてきちゃったから」
　心の底から申し訳なさそうに謝ってきた花音に、あたし

は驚いてしまった。
「どうして花音が謝るの?」
「だって……」
「最初はびっくりしたけど、でもこの日記のおかげで気分はスッキリしてるんだよ?」
　あたしの言葉に、花音は少しだけ表情を緩めた。
「本当に?」
「本当だよ。あたしにはできないような復讐が次々できる!　花音には本当に感謝してるから!」
　たった30日間しか書けないけれど、その間に死ぬほどの思いを何度でも味わわせてやることができるのだ。
　考えただけでワクワクしてしまう。
「彩愛がいいなら、いいけど」
「花音は少し気にしすぎなんだよ」
　あたしはそう言って笑ったのだった。

第 2 章

## 葬儀

　この日もあたしは日記を書いた。
　明日は剛の両親の葬儀で、きっとたくさんの人が集まることだろう。
　あたしにとってそれは絶好のチャンスだった。
　あいつの親戚や知り合いが集まるのなら、今までよりももっともっと盛り上げてあげよう。
「どんな復讐がいいかなぁ」
　あたしはペンを持ち、鼻歌交じりに明日のことを考えたのだった。


　葬儀の日も、とてもよく晴れた日だった。
　気温は低いけれど、日差しがあれば暖かい。
　湿度は低く乾燥していると天気予報では伝えていた。
　葬儀は剛の家の近所にある葬儀場でやるらしく、あたしはタクシーで会場へと向かった。
　青空が広がる中、制服姿の宏哉が出迎えてくれた。
「彩愛、今日は来てくれてありがとう」
　宏哉の目は赤く充血している。
　あまり眠っていないようで、目の下にクマもできていた。
　自分の両親があんなに悲惨な死に方をしたのだから、眠れなくても当たり前だった。
「ううん。大丈夫？」

あたしは心配しているふりをして、宏哉を気づかうように声をかけた。
　あの復讐日記を手に入れた今、宏哉の存在なんかどうでもよくなりつつある。
　はっきり言って、もう用なし同然だ。
　いつ別れてもいい。
「あぁ、なんとか大丈夫だよ」
「お兄さんにも挨拶させて？」
　あたしのお願いに、宏哉は頷き歩き出した。
　あたしはその後ろをついていく。
　剛には1年以上会っていなかった。
　自分の心臓がドクドクと早く脈打つのを感じる。
　あたしと別れてから、剛はどんなふうに生きてきたのだろうか？
　何事もなかったかのように生きてきたのかもしれない。
　昔の女が自分の子を堕胎したことなんて、黙っていれば誰にもバレないだろう。
　そう考えると胸の奥が鉛のように重たくなった。
　斎場へと足を踏み入れると、たくさんの人でごった返していた。
　2人分の葬儀を一度に行うと、想像以上の人が集まるようだ。
　その人ごみをかき分けて親族席へと向かう。
　徐々に見えてくる剛の姿に、腹部が鈍く痛んだ。
　もう痛くないはずの痛みは近づくにつれて増していく。

あたしは宏哉にバレないよう、自分のお腹に手を当てた。
「兄さん、俺の彼女」
　宏哉の紹介のあと、あたしはジッと剛を見つめた。
　だけど、剛は憔悴(しょうすい)していて顔を上げようともしない。
　あたしが、ここにいるだなんて想像もしていないことだろう。
「彩愛です。このたびは心からお悔やみ申し上げます」
　あたしはそう言いながら頭を下げた。
　でも、やっぱり剛は顔を上げない。
　あたしの言葉も届いていないようで、『彩愛』と名乗っても少しも反応がなかった。
　ショックを受けているからか、それともあたしなんて本当にどうでもいいからか。
　久しぶりの再会はあまりにもあっけなく終了した。
「ごめんね、兄さんのショックも大きくて」
　宏哉が小声で言ってきた。
「ううん、大丈夫」
　あたしは左右に首を振りながら答えた。
　剛は付き合っていたころよりもずいぶんと老けたように感じられて、それを見た瞬間、心の重みが少しだけ軽くなっていた。
　何より、剛の不幸な顔が見られて最高の気分だ。
「こっちは兄さんの彼女のミオリさん」
　剛の隣に座っている女性へと視線を移動させる。
　ミオリの頬には大きなガーゼが貼(は)られていて、目は伏せ

られたままだ。
　昨日の出来事を思い出すと今でも笑い出しそうになってしまう。
　ミオリの青ざめたあの顔。
　剛にも見せてやりたかった。
　昨日の今日で、よく外へ出て葬儀へ出席する気になったものだ。
　そう思うけど、剛が無理やりミオリを連れてきた可能性もある。
　剛は相手の気持ちより自分の用事を優先させる男だ。
　ミオリの精神状態なんて、きっと気にしてないだろう。
　そう考えると、ミオリも被害者かもしれなかった。
　それでも、同情なんかしてやらないけど。
「初めまして」
　あたしの挨拶に、ミオリは小さくお辞儀をしてきた。
　顔を上げようとはしないけれど、ちゃんと聞こえているようだ。
　でも、これ以上ここに長くはいられない。
　絶対にバレない自信はあったけど、昨日フォークを引き抜いた相手だと気がつかれたら面倒だ。
「紹介してくれてありがとう。行こう」
　あたしは宏哉へ向けてお礼を言うと、２人から離れたのだった。

　宏哉とあたしは、親族席とは少し離れた場所に座ること

にした。
　２人ともあたしにはまったく気がついていないようだけれど、念のためだ。
「お兄さん、仕事は何をしてるの？」
　小さな声でそっと聞いてみた。
　すると宏哉は肩をすくめながら、「何もしてない」と返事をした。
「何もしてないって……？」
「ニートだよ。つい最近までバイトをしてたけど、続かなくて辞めたんだ」
　宏哉の説明に思わず呆れてしまう。
　あたしだってバイトをしているのに、剛は何もしていないのだ。
　飽きやすい性格も、昔と何も変わっていない。
「それじゃ２人はこれからどうするの？」
「とりあえずは両親が残してくれた貯金がある。家も一戸建てだし、どうにかやりくりするよ」
　そう言い、ため息を吐き出す宏哉。
「でも、あんなにかわいい彼女がいるならお兄さんもきっと立ち直れるよね」
　あたしの言葉に、宏哉は苦笑いを浮かべた。
「そうだといいけど、あんまり期待はできないかな」
「そうなの？」
「彼女もバイトも、とっかえひっかえなんだ。弟の俺が言うのもなんだけど、兄貴はダメ人間っていうかさ……」

そこまで言って声のトーンを落とす宏哉。
　ダメ人間だというのは、あたしの知っている剛そのものだった。
　外面だけよくて、付き合い始めると途端に興味を失い始める。
　だから何をしても続かないのだ。
「俺がバイトしないといけなくなるかもしれないから、そうなったら彩愛と会う時間も減る」
　不意に宏哉はあたしの手を握りしめてきた。
　とっさに撥ねのけてやりたくなったが、必死で我慢する。
　好きでもない男に手を握られるのは、不愉快なだけだ。
「頑張ってね」
　あたしはそう言い、無理してほほ笑んでみせたのだった。

　葬儀は滞りなく進んでいった。
　お経と会場の薄暗さがほどよく眠気を誘う。
　でも、隣に宏哉がいるから眠ることはできない。
　興味のない葬儀は拷問に近いかもしれない。
　あたしは腕時計を確認してからチラリと非常口の場所を見た。
　青く光る非常口。
　葬儀が始まってから20分以上経過するし、そろそろかもしれない。
「ちょっと、トイレ」
　隣に座る宏哉に告げると席を立った。

しかし、あたしの足は勝手にトイレとは逆方向の非常口へと向かう。
　この辺にいればきっと大丈夫だ。
　このあと、何が起きてもね。
　あたしは会場全体をグルリと見まわした。
　何人くらいいるだろうか？
　ザッと見て300人くらいいるかもしれない。
　普通よりも少し多いと感じられる人数に、剛の両親の人柄を感じられた。
　あたしにはあんな暴言を吐いた人たちでも、別の場所では必要とされ、信頼されていたのだろう。
　あちこちからすすり泣きの声も聞こえてきて、少しうっとうしく感じるくらいだった。
　げんなりとしそうになった、その時だった。
　後方の席に座っていた男が、突如奇声を上げて立ち上がったのだ。
　それを見てあたしはニヤリと笑う。
　始まった。
　男は奇声を上げながら両手を大きく振り上げる。
　周囲にいた人々は驚いたように男性を見上げ、うっとうしかった泣き声はざわめきに変化していた。
　お経を読んでいた声も徐々に静かになり、やがて止まってしまった。
　これじゃ極楽浄土へ行くことはできないだろう。
　いい気味だ。

あたしは男へと視線を戻す。

葬儀場で奇声を上げる男がこれから起こすことなんて、よくないことに決まっている。

男は右手にライター、左手には透明な瓶を持っている。

瓶の中身はここからじゃわからない。

だけど、あれはおそらく……ガソリンだろう。

「ふふっ」

思わず笑みが漏れてしまった。

ただならぬ雰囲気に包まれる会場。

勘のいい人たちは逃げ始めている。

でも、もう遅い。

あたしは両耳をきつく塞ぎ男に背を向けると、非常口を塞ぐように立った。

どうせあたしは、ギリギリまでここから逃げることができないのだ。

それなら、最大の被害が出るように手伝うだけだった。

「逃げろ！」

誰かが叫んだ。

だけど非常口の前にはあたしがいる。

それを見た数人は暴言を吐いてきたが、そんなことをしている場合じゃないと感づき、すぐに1つしかない出入り口へと走る。

全員が殺到した出入り口はあっという間に塞がれ、逃げ道は失われる。

この光景を、あたしは何度も思い浮かべていた。

実際に目にしてみると、とてもいい光景だ。
「どいて！　どいてよ！」
　後方からそんな声がして体を押された。
　でも、あたしの体はまるでコンクリートにでもなってしまったかのように、その場から動かなかった。
　あたしが目の前で見なければ終わらないのだから、当然のことだった。
　あたりに視線を巡らせ、恐怖で歪んだ人々の顔をジックリと眺める。
　泣いている子供。
　その子を引きずるようにして出口を探す母親。
　今や葬儀会場は恐怖の渦の真っただ中だった。
　運よく外に出られた人はどのくらいいるだろうか。
　どのくらいの人がここに残され、死ぬのだろうか。
　それはまるで１つの映画を見ているような感覚だった。
　スクリーンの中を逃げ惑う人々。
　自分は死んでしまう役柄だと気がついているのかいないのか、あたしを楽しませるために右往左往する。
　スタッフの男性が駆けつけて、暴れている男を取り押さえようとする。
　しかし、男は簡単にその手をすり抜けてしまう。
　剛たちはどうしただろうか？
　親族席へ視線を向けてても、その姿を確認することはできなかった。
　でも、一瞬で出口が塞がれたのだから、みんなまだ会場

内にいることだろう。
　そして次の瞬間……。
　耳を塞いでいても意味がないほどの爆音がとどろいた。
　そして……。
　悲鳴。
　悲鳴。
　悲鳴。
　出入り口へ殺到していた人たちが横倒しになり、その上をあとから来た人が駆け抜けていく。
　会場内に炎が立ちのぼり、スプリンクラーが作動する。
「彩愛！」
　宏哉の声が聞こえてきてハッと視線を向けた。
　こいつ、死んでなかったのか。
　そう思った瞬間、体が動いた。
　非常口のドアに手をかける。
「彩愛！」
　死ねばよかったのに。
　あたしは軽く舌打ちをし、会場から脱出したのだった。

## 不倫相手

　外の空気が乾燥していたこともあり、会場はあっという間に炎に包まれていた。
　脱出できなかった参列者もたくさんいる。
　燃え上がる炎を見つめながら、あたしはホッと息を吐き出した。
　これほど盛大に復讐ができるなんて……思ってもいなかった。
　燃え上がる炎はとてもきれいで、いつまでも見ていることができる。
　どれだけの命がこの炎の一部になって燃えているんだろうか。
　肌が焦げるような熱ささえ、心地よく感じられた。
「彩愛！」
　宏哉の声に振り向いた。
「ケガはない!?」
　あたしを心配して声をかけてくる宏哉。
　宏哉の顔は黒いススがついているけど、無傷そうだ。
「大丈夫だよ」
　あたしはそっけなく返事をした。
「それならよかった。でも大変なことになった……」
　そこまで言い、会場を見つめる宏哉。
　その顔は赤い炎で色づいている。

「あの男の人ってなんだったの？」
　そう聞くと、宏哉は眉を寄せてあたしの隣に座った。
「一度だけ見たことがある。父の同僚だ」
「その人がなんであんなことを？」
「……あの人、前に母と不倫関係にあったらしいんだ」
　宏哉が小さな声で言った。
「え？」
　あたしは驚いて聞き返した。
「両親がそのことでモメてるのを、偶然見たことがある」
「そうだったんだ……」
　その時あたしは、剛の母親に言われたことを思い出していた。
『誰の子供かわからないのに産んでもらうなんて、困る』
『最近の子は簡単に別れたり付き合ったりするでしょ？だから信用できないのよねぇ』
　あたしのことを品定めするようにジロジロと見ながら、そう言ったのだ。
　人にはそんなことを言っておきながら、自分は不倫をしていた。
　それを知って腸(はらわた)が煮えくり返りそうになる。
　あの女が死ぬ前にその事実を知っていれば、あんなに簡単には殺さなかったのに！
　剛の女好きも、きっとあの女の男好きが遺伝しているに違いない。
「でも、あの人がまさかこんなことをするなんて……」

宏哉はうめくように言うと頭を抱えた。
「自業自得じゃん。バッカみたい」
　思わず吐き捨てるように言ってしまった。
　だけど、炎や消火活動の音であたしの声はかき消され、宏哉には届かなかった。
　あたしは視線を燃え盛る会場へと戻した。
　消火活動が続いているけれど、乾燥しているせいかなかなか火は収まらない。
　中から次々と犠牲者たちが運び出されてくる。
　真っ黒コゲで誰だか判断もできない人がいるだろう。
　斎場自体も、もしかしたら全焼してしまうかもしれない。
　そのくらい強い炎だった。
「そういえば、お兄さんたちは？」
　不意に思い出して尋ねる。
「あぁ、無事に逃げ出して手当を受けてる」
　その返事にあたしはホッと胸を撫でおろした。
　あの日記のとおりなら、あいつら２人は最後まで苦しんで死ぬ予定だ。
　こんなところで死んでもらっては困る。
「ケガは？」
「すり傷くらいだって」
　なぁんだ。
　もう少し大きなケガをしてくれてもよかったのに。
　そう思いながらも、あたしは「それならよかった」と、答えたのだった。

「花音、今から会えない？」
　いったん家に戻ってきたあたしは、すぐに花音へ電話をしていた。
『今から？　大丈夫だけど、葬儀は終わったの？』
「もう大成功だよ！　そのことで話したいことがあるの！」
　炎を思い出し、あたしの頬は自然と緩む。
　今日の出来事を早く花音に報告したくてたまらない。
『わかった。それならうちに来ない？』
「花音の家に？」
『うん。今、誰もいないの』
　花音の家のほうが、ファミレスよりも気兼ねなく話ができる。
　うれしくなったあたしは即答した。
「わかった。すぐに行くね！」
　そう言って電話を切ると、喪服から私服へ着替えて、バタバタと階段を駆けおりる。
「彩愛、またどこかに行くの？」
　玄関を開けようとした時、リビングから出てきた母親に呼び止められてしまった。
　母親は不安そうな顔をしている。
「花音のところへ行くの」
「でも、葬儀から帰ったばかりじゃないの」
「そうなんだけど。どうしても花音に伝えたいことがあるんだもん。今日、花音は家の都合で葬儀に出席できなかったから」

さすがに、今日は花音の名前を出しても簡単にはいかなさそうだ。
　あたしが参加していた葬儀中に火災が起こったことを、母親も知っている。
　母親の気持ちを考えるなら、明日にしたほうがいいということは十分にわかっていた。
　それでもあたしはすぐに花音に話がしたくて、ウズウズしていた。
　あの日記の話ができるのは、花音だけなんだから。
「今日じゃないとダメなの？」
　食い下がる母親に苛立ちを覚えてしまう。
　母親は悪くない。
　あたしを心配してくれているだけだ。
　そう思っても、うっとうしく感じられてしまう。
「すぐに帰るから心配しないで」
　あたしは突き放すように言うと、家を出たのだった。


　花音の家までは自転車で５分ほどだった。
　徒歩でも近い場所だけど、早く話がしたくてあたしは自転車で向かった。
「彩愛、早かったね」
　玄関のチャイムを押すと、花音はすぐに出てきてくれた。
「えへへ。ちょっと報告があったからね」
　急いできたから少し息が上がり、汗が滲んでいた。
「上がって。外は寒かったでしょ」

花音の部屋はとても清潔感があり、白色を中心に統一されている。
　アイドルのポスターが1枚だけ貼られているけれど、それもこの部屋に合っていた。
　上着を脱ぐのももどかしく感じながら花音の部屋にお邪魔した。
「で、話って何？」
　白いテーブルの上に温かい紅茶を置いて、花音が尋ねてきた。
　あたしは出された紅茶をひと口飲んで、花音を見る。
「また、書いたとおりになったの」
「……え？」
　花音の表情が険しくなる。
　あたしは持ってきた復讐日記をテーブルに広げた。
「これ、読んで」
　今日の日付で書いている日記。
　それに目を通していた花音が徐々に青ざめていった。
「葬儀場が火事って……まさか、さっき聞こえてきた消防車の音がそうなの？」
　花音の質問に、あたしは大きく頷いた。
「たぶんそう。あたしはそこにいて、現場を見てた」
「大丈夫だったの!?」
　花音の声は一際大きくなる。
「見てのとおり、ピンピンしてる。ケガだってしてないよ」
　あたしは笑った。

「他のみんなは?」
「残念だけど、宏哉は助かってたよ。剛とミオリが助かるのはわかってたけど」
　ため息交じりに言うと、花音はなぜか安心したような表情を浮かべた。
「だけど被害者はたくさん出た。どれくらい死んだのかわからないけど」
「そんな……」
「どうしたの花音。なんでそんな悲しそうな顔をするの?」
　眉を下げている花音が理解できなくて、あたしは思わず聞いた。
「だって、葬儀場にいた人たちって、彩愛の復讐とはほとんど無関係じゃん」
「そうだけど、別にいいじゃん」
「別にいいって、そんな……」
　花音は目を丸くして黙り込んでしまった。
　その様子を見て、ふと思い当たることがあった。
「もしかして、花音は自分のことを書かれると思って怯えてるの?」
　そう聞くと花音はびっくりしたようにあたしを見た。
「あたしのことを……書くの?」
「書くわけないじゃん。花音はあたしの親友なんだから」
　あたしが笑うと花音も同じように笑ってくれた。
　だけどその笑顔は心なしかひきつって見えた。
　やっぱり、少し恐怖を抱いていたのかもしれない。

だけどあたしがあの日記に花音の名前を書くことなんて、絶対にない。
「この復讐日記だって、花音のおかげで手に入れられたんだしね」
　花音はあたしの心の支えだった。
　子供を堕胎した時も、一番心配してくれていたのは花音だった。
　今もこうして一緒にいてくれるのだって、花音だけだ。
　他の友達は徐々に連絡を取らなくなり、気がついたら疎遠になってしまった。
　中には番号やアドレスを変えてしまい、もう連絡が取れない子もいる。
　だけど、花音は違う。
　あたしに何があってもそばにいてくれたし、連絡が取れなくなるようなことはあり得ない。
　あたしにとって特別な存在だった。
「それでさ、今度は花音に相談しながら決めようと思って」
「え？」
「次のターゲットや、復讐の内容だよ」
　持参したペンを持ち、クルクルとまわす。
「30日間、ずっと剛のまわりを狙うの？」
　花音の質問に、あたしは首をかしげた。
「今ね、ちょっと迷ってるんだよね」
「何を迷ってるの？」
「思い返せば復讐したい相手なんて、山ほどいるんだもん」

あたしは、そこまで話すと紅茶を飲んだ。
　　少しぬるくなってきている。
　　今のあたしにはちょうどいい温度だった。
「花音、白い紙ない？」
「あるよ。ちょっと待ってね」
　　花音が机の引き出しからルーズリーフを取り出してきてくれた。
「ありがとう」
　　それを受け取り、一番嫌だった記憶を書き出していく。
　　それはどれも些細な出来事だった。
　　陰口を言われたこと、消しゴムを貸してそのまま返ってこなかったこと。
　　誰でも一度は経験したことのあるようなことばかりだ。
　　けれど、その１つ１つを思い出すたび、あたしの中に眠っていた怒りが蘇ってくる。
　　すでに忘れていたような記憶まで掘り返して書いている間に、ルーズリーフはすぐにいっぱいになってしまった。
「小学校１年生のころにね、２年生の男の子にイジメられてたの」
　　あたしは、ルーズリーフに書いていった出来事を思い出しながら話し始める。
「そうなんだ」
「小学生のイジメだから大したことはないんだけど、でもね……ヘビの死骸を踏まされたことがある」
　　あたしの言葉に花音の表情が歪んだ。

「……そうなんだ……」
　なんと言っていいのかわからないようで、花音は言葉を切る。
「うん。どんなイジメだったかはほとんど覚えてないんだけど、それだけはしっかりと覚えてる」
　そのくらい、幼いあたしにとって衝撃的な出来事だったのだ。
　あの時はすぐに先生が助けてくれたけれど、相手の笑った顔は絶対に忘れない。
「その人に復讐するの？」
「復讐っていうか……あたしにしたことを、そのままやらせる」
　何倍にもして返すほどの出来事じゃない。
　けれど、嫌な思いをしたことには変わりないのだから、やり返すくらいしてもいいはずだ。
「相手は今、何をしてるの？」
「わからない。小学校高学年になってから会っても話さなくなったし」
　それまでは時々学校内で顔を合わせ、会話くらいはしていた。
　けれど、イジメられていた過去があるため、あたしから積極的に付き合うつもりはなかった。
「そっか」
「そういう相手が自分の前に現れて、まったく同じことを経験するのって楽しそうじゃない？」

あたしの言葉に、花音は首をかしげた。
「わからない。そんなに都合のいいことができるのかどうかも……」
　そして、花音は目を伏せた。
「ねぇ花音。花音にも復讐したい相手がいるんじゃないの？」
　そう聞くと花音は驚いたように目を見開いた。
「な、なんでそう思うの？」
　焦ったように言う花音を見てピンと来た。
　図星だったみたいだ。
「この日記、使う？」
　そう言って差し出すと、花音は大きく左右に首を振った。
「使わない！」
　はっきりと言いきる花音。
「どうして？　これを使えば憎い相手を攻撃することができるんだよ？」
「それでも、使わない」
　花音の声は小さくなり、消えていく。
　どうしてそんなに拒むのか、あたしにはよくわからなかった。
「花音は誰に、どんな復讐をしたいの？」
「それを言ったら彩愛が日記に書くんでしょ？」
　そう言われて、あたしは左右に首を振った。
「書かないよ。信用できないなら、相手の名前までは言わなくていい」

あたしの話を聞いた花音は、迷ったように視線を漂わせてから口を開いた。
「彩愛がさっき言ったとおり、誰にでもちょっとした嫌な経験はあると思う」
「うん、そうだね」
「あたしの場合もそうなんだけど……」
　花音は自分のペースでゆっくりと言葉を紡ぎ始めた。
　花音は今ちょっと気になる男子生徒がいるそうだ。
　だけど、その男子生徒には付き合っている彼女がいる。
　花音は彼女がいると知っていたのに、どんどん惹かれていってしまったらしい。
「片想い中なんだ？」
「うん」
　花音は頬を赤らめて頷いた。
「それで？」
「できたらその人と付き合いたいんだけど、やっぱり彼女持ちだからできない……」
「なんだ、そんなこと？」
　あたしは思わず呆れた口調で言っていた。
　花音の表情が歪む。
「あ、ごめん。もっと重大なことかと思ったから」
　あたしは慌てて言うと、笑顔を向けた。
　あたしからすれば、花音の悩みなんて悩みのうちにも入らない。
　好きな人に恋人がいるなら、奪うか諦めるかの２択しか

ないのはわかりきったことだ。
「でも、よかった。そのくらいの悩みなら簡単に解決するよね」
　あたしの言葉に、花音は苦笑いを浮かべた。
「どうしたの？　やっぱり日記を使う？」
「ううん、使わない」
　頑(かたく)なな花音に、思わずムッとしてしまう。
　花音が悩んでいる様子だから、手助けをしようとしただけなのに。
「あっそ、それならあたし１人で使う」
　こんなに素敵な日記を手に入れたのに、花音はその価値に気がついていないのだ。
　好きな相手とその彼女を別れさせるくらい、この日記なら簡単にできる。
　花音にできないことをやってくれるのに、日記を使う勇気がないなんてなんだかかわいそうに感じられてくる。
　それから、あたしは夢中になって日記を書いた。
　明日の日記。
　明後日の日記。
　……。
「彩愛‼」
　花音があたしを呼ぶ声にハッとして顔を上げる。
　どんどん書き進めていくうちに、あっという間に２週間分を書き終えてしまった。
　それを確認してペロリと舌を出す。

「夢中になりすぎちゃった。たくさん書きすぎないようにしなきゃね。あいつらを苦しめる分を残しておかなきゃ」
　そして、あたしは日記を閉じたのだった。
　30日分書き続けるなんて、あたしにはとっても簡単なことだ。
「ねぇ彩愛、本当に大丈夫なの？」
「大丈夫って、何が？」
「そこに書いたこと全部が、彩愛の目の前で起こるんだよね？」
「そうだよ？」
　あたしは首をかしげて花音を見た。
　今さら何を心配しているのだろう。
「彩愛にとって、それがプラスになるとは思えない」
「え？　どうして？」
　花音は、どうしてそんなことを真剣な表情で言うのか理解できなかった。
　あたしは瞬きを繰り返して花音を見つめる。
「本当にわからないの？」
「わからないよ」
　あたしの返事に、なぜか花音は泣き出しそうな顔になってしまった。
「どうして花音が、そんなに悲しそうな顔をするの？」
「あのね彩愛、その日記に書いたことが本当に現実で起こるなら、もっといい方向へ持っていくこともできると思うんだよね」

「いい方向？」
　あたしは眉を寄せて花音を見た。
　今、あたしにとって、いい方向に向かっているように思える。
　簡単に、しかも強烈な復讐を実行できているのだから。
「たとえばさ……剛のことを許すとかさ」
　花音は意を決したように言った。
　膝の上で拳を握りしめて、ジッとあたしを見つめている。
　けれど、そんな花音の言葉にあたしは自分の耳を疑った。
「剛を許す……？」
　本当に花音が言ったの？
　あたしの聞き間違いじゃないだろうか。
　信じられなくて、頭の中がフワフワしているように感じられた。
「そう。きっと、日記にそう書けば彩愛の心も救われるよ」
　花音が笑顔で言う。
「なに言ってるの？」
「え？」
「花音、あたしのこと応援してくれてたじゃん」
「それはそうだけど、でも今は状況が違うでしょ？」
　状況が違う？
　花音が何を言っているのかまったく理解できなかった。
　状況は好転している。
　復讐はこれからだ。
　花音だってわかっているはずなのに、どうして許すなん

て言うのだろう。
「前までは剛も反省しなきゃいけないと思ってたから応援できた。でも今は……人がたくさん死んでるんだよ?」
 花音の言葉に思わず笑みがこぼれてしまった。
「なんで笑うの!?」
「花音、人がたくさん死んでるって言った?」
「……言ったけど……」
 笑い出すあたしに花音が怯えた表情を浮かべる。
 けれど、あたしは笑いを止めることができなかった。
「知ってる? 一番最初に死んだのはあたしの赤ちゃんなんだよ」
 花音の表情が強張った。
 口をキュッと結び、目に涙が浮かんでいる。
 花音はあの時のことを、まるで自分のことのように悲しんでくれる。
「……そうだよね」
 花音がとても小さな声で言う。
「そうだよ花音」
「彩愛の心の傷は、きっと同じ経験をしなきゃ理解できない。そのくらい深い傷だと思う」
「やっぱり花音は、わかってくれてるね」
 あたしは本気でそう思っていた。
 けれど、花音はゆっくりと首を左右に振る。
「ごめん。でも今の彩愛の気持ちはよくわからない」
 花音が涙を押し込めるように、あたしを見た。

意志の強そうな瞳をしている。
「人に復讐することで彩愛が救われるとは思えない」
　その言葉に、あたしはキョトンとしてしまった。
　また、花音が何を言っているのかわからなくなる。
「あたしは救われてるよ。この復讐日記のおかげで」
　あたしはそう言いながら日記に触れた。
　紙の感触が心地いい。
「きっと、それは勘違いだよ」
「勘違い？」
　あたしは首をかしげて花音を見た。
「そうだよ。自分が復讐できることに快感を覚えてるだけ」
「それならそれでいいじゃん」
「ダメだよ！　自分の目の前で人が死んだり、ひどい目に遭うなんて、きっと耐えられなくなる」
「そんなことない！」
　あたしはキッパリと言いきる。
　あたしはすでに事故を目撃して、火事で燃える人間だって見ているのだ。
　今日書いた些細なことくらいで、自分が動揺するとは思えなかった。
「今はそうかもしれないけど、きっと彩愛の心が悲鳴を上げる時がくる！」
　花音はどうしてこんなに心配性なんだろう。
　あたしが大丈夫だと言っているのだから、大丈夫に決まっている。

自分の限界くらい、あたしは知っている。
「……ごめん、今日はもう帰るね」
「ちょっと彩愛!!」
　花音の言いたいことがまったくわからない。
　あたしは花音が引き止めるのを無視して、家を出たのだった。

## 小さな復讐劇

　花音はあたしに、この日記をいいことに使えと言う。
　だけどいいことに使うために作られたのなら、この日記だって復讐日記だなんて名づけられていないはずだ。
　これは復讐をするための日記に違いない。
　それを、どうして花音は理解してくれないんだろうか。
　自室へ戻ってきたあたしは大きなため息と同時に、ベッドに横になった。
　すべてが順調に進んでいる。
　花音みたいに心配することなんて何もない。
　あたしは自分に言い聞かせて、目を閉じたのだった。

　翌日、あたしはバイト先へと向かっていた。
　２日続けて休んだから、今日は出勤しなきゃいけない。
　まだ開店前の店に従業員入り口から入っていくと、すでに数人パートさんが出勤してきていた。
「海老名さん、大丈夫だった？」
　吉野さんがすぐに声をかけてきてくれた。
「大丈夫です。葬儀も終わったし、今日からちゃんと出勤できます」
　そう言うと、吉野さんはホッとしたようにほほ笑んだ。
「それならよかった。昨日葬儀場で火災があったでしょ？もしかして巻き込まれてるんじゃないかと思って、心配し

たんだよ」
「葬儀は別の会場で行われていたから、大丈夫でした」
　あたしはなんでもないように嘘をついた。
　さすがに、火災まで経験したなんて言うと怪しまれるかもしれないから。
　吉野さんと会話をしながら荷物をロッカーに入れ、タイムカードを押す。
　何も変わらない日常だけど、少しだけ色づいて見える。
　１年前からずっと灰色に染まっていたあたしの生活が、元に戻ろうとしているのがわかった。
　復讐日記に出会っていなければ、世界が色づくまでにまだまだ時間がかかっていただろう。
「海老名さん、来る時にヘビの死骸を見なかった？」
　レジの準備を始めていた時、不意に別のパートさんに声をかけられた。
「ヘビの死骸ですか？」
　あたしが首をかしげて答えると、
「うん。この前事故が起こった通りがあるじゃない？　そこの歩道に死んでるの、偶然見ちゃったんだよね」
　そう言って顔をしかめるパートさん。
　ヘビの死骸……。
　あたしは昨日、自分で書いた日記を思い出していた。
　もしかしたら、あれに繋がってきているのかもしれない。
　自然と心が躍った。
「朝からそんなもの見るなんて、気分悪いですよね」

「そうなんだよね。なんだか不吉な予感がする」
　パートさんはそう言いながら自分の体を抱きしめ、身震いをした。
　そこまで気にするということは、かなりインパクトのある死体だったのだろうか。
「あたしは見ませんでした。でもきっと誰かが片づけてくれますよ」
　あたしはパートさんに笑顔を向けると、仕事へ戻ったのだった。

　今日ほど仕事終わりが待ち遠しかったことはないかもしれない。
　閉店までの時間が、ずいぶんと長く感じられる。
　店内に蛍の光が流れ始めた時、あたしの頬は緩んでいた。
　ヘビの死骸はきっとまだ残っている。
　帰る時には来た道と逆方向に歩いてみよう。
　そうすれば、きっとヘビの死骸に出くわすはずだ。
　パートさんが身震いをするほどのヘビの死骸だなんて、考えただけでワクワクしてくる。
　あたしをイジメていたあの男が、それを踏みつけるんだから。
「なんだか楽しそうな顔してるね」
　吉野さんに声をかけられ、あたしは思わず自分の頬に手を当てた。
　バレないようにしていたつもりだったけれど、バレバレ

だったみたいだ。
「そうですか？」
　いけない、と思い顔を引きしめる。
　けれど、またすぐに緩んできてしまった。
「今日1日ソワソワしてたし、もしかしてこれからデート？」
　笑顔で尋ねてくる吉野さん。
　吉野さんは人の幸せを心から願える人だ。
「残念ながら違いますよ」
　あたしは左右に首を振る。
「隠さなくってもいいのに」
「本当に、違いますって」
　でも、ニヤケ顔が収まらない。
　周囲からデートだと思われても仕方がなかった。
　レジの点検を取り、誤差がないことを確認するまでがアルバイトのあたしの仕事。
　今日は浮き足立った気分だったけれど、幸い誤差はなかった。
「じゃあ、お先に失礼します」
　まだ仕事が残っているパートさんたちへ向けて挨拶すると、ロッカールームへ急いだ。
　あたしをイジメていたあいつと会うのも久しぶりだ。
　中学までは一緒だったから時々校内で見かけていたけれど、高校は別だったからしばらく会っていないことになる。
　鼻歌交じりに外へ出て、寒さに首をすぼめた。

すっかり日が落ち、寒さも強くなってきている。

パートさんがヘビの死骸があったと教えてくれた歩道へ出た時、まだそれがあることがわかった。

想像よりもずっと大きなヘビで、車に轢かれたのか頭部が潰れている。

誰も掃除したがらなかったのだろう。

しばらくその場に立って遠くからヘビの死骸を眺めていたあたしだけど、不意に自分の両足が動き出した。

自分の意思とは無関係に、軽快なリズムを刻む。

それと同時に、歩道の逆側から１人の男の人が歩いてくるのが見えた。

近くにある男子高校の制服を着ている。

男は耳にイヤホンをつけ、スマホを見ながら歩いてくる。

まわりの様子なんて全然見えていないようだ。

その顔を見た瞬間、フラッシュバックのようにあのころの映像が脳内で再生された。

それは暑い夏の日だった。

小学校の校庭内に入り込んでいた黒くて細いヘビが、干からびて死んでいた。

生徒たちはそれを遠目に見て嫌そうな表情を浮かべたり、わざと近づいて騒いだりしていた。

もちろん、あたしはヘビの死骸なんて見たくもなかったから、騒ぐ光景を眺めている側の人間だった。

それなのに……。

『おい、お前ちょっと来いよ』
　ヘビの死骸を囲んでいた１人、吉田がそう言ってあたしの手を掴み、歩き出したのだ。
　普段から吉田たちにイジられていたあたしは、強気に出ることができず、逆らえなかった。
　いつも一緒に登下校していた友達は、今日に限って先に帰っていた。
　あたしは必死に周囲を見まわして助けてくれる人がいないか確認したけど、そこにいるのは知らない生徒ばかりだった。
　幼いあたしに、大きな声を出すとか、誰でもいいから助けを呼ぶなんてこと、できなかった。
　嫌な予感をぶら下げたまま、吉田の言いなりになるしかないあたし。
　吉田に引きずられるようにして連れてこられた先には、黒いヘビの死骸が横たわっていた。
　干からびたヘビの胴体はぺちゃんこに潰れ、踏みつけられた吉田の上履きを連想させた。
『踏めよ』
　すると、ヘビの死骸の前まであたしを連れてきた吉田は、一言言ったのだ。
　その瞬間のあたしは、きっと青ざめていたと思う。
　あたしはグッと押し黙ったまま、左右に首を振った。
　そのくらいの意思表示しかできなかった。
『踏めってば！！』

吉田が怒鳴るように言うと、周囲にいた仲間たちもはやし立て始める。
　あたしはその声が大嫌いだった。
　集団になって同じような暴言を吐けば、自分の罪は軽いと思っている。
　あたしはその場にうずくまって耳を塞いでしまいたくなるのを我慢していた。
　何もせずに大人しくしていれば、嵐は去る。
　きっと、誰かが傘を差し出してくれる。
　そう思って。
　でも、現実はそんなに単純でも、都合よくできてもいなかった。
　あたしの前に傘は差し出されない。
　雨はいつまでも降り続く。
　その時、吉田があたしの体を押した。
　それはとても軽い押し方だったけれど、油断していたあたしの体はグラリと揺れて、バランスを取ろうとした右足はヘビの上に着地していた。
　靴の上からでもわかる、グニャリとした柔らかな感触。
　一瞬にして、足から脳天までを鳥肌が駆け抜けた。
　次の瞬間、まわりの連中の笑い声や罵声が、まったく聞こえなくなる。
　とても寒くて冷たい世界の中、あたしはただ吉田の笑う顔だけを見ていたのだった……。

こいつだ。
間違いない。
小学校のころ、あたしをイジメていた吉田だ。
ずいぶんと大人っぽくなっているが、今しっかりと思い出すことができた。
あたしと吉田の距離はどんどん縮まっていく。
ヘビの死骸に近づくにつれて、内臓がはみ出ているのがわかった。
吉田はまだヘビの死骸には気がついていない。
あたしの足が、ヘビの手前で自然と止まった。
あたしが前に踏まされたヘビよりも、ずいぶんとひどい有様だ。
ジッと見ていたら吐き気がしそうだ。
そんな中、吉田がどんどん近づいてくる。
人の気配に気がついたからか、スマホから顔を上げた。
あたしと視線がぶつかり、驚いたような表情を浮かべている。
あたしのことを覚えているような顔だ。
「久しぶりだね」
あたしは笑顔で声をかける。
「あ……あぁ……」
吉田は何か言いたそうな、ぼんやりとした顔でそう返事をして、足を一歩前へと踏み出した。
その瞬間、靴の裏でヘビの死骸を踏んづけた。
「うわっ、まじかよ」

違和感に気がついた吉田が、飛び跳ねるようにしてヘビから離れる。
　その様子がおかしくて、声を上げて笑ってしまった。
「ぼーっと歩いてるからじゃん」
　吉田の靴にはべっとりとヘビの血がつき、赤く染まっている。
「最悪だ。新しい靴なのに」
「メーカー物のいい靴だね」
　クスクスと笑いながら、あたしは吉田に声をかける。
「ちっ」
　吉田は軽く舌打ちをして、ヘビをまたいで歩き出した。
　あたしの隣を通りすぎていく。
　あたしの体が、それに合わせて反転した。
　足が勝手に吉田へとついていく。
　花音の家から戻ったあと、あたしは吉田にやられたことを次々と思い出してしまったのだ。
　公園のトイレに閉じ込められたこと、鉛筆を折られたこと、友達に嘘を吹き込まれたこと。
　ヘビを踏まされたという印象が強かったから、そういった小さなことを忘れてしまっていたのだ。
　いったんは、それらをすべて日記に書いてやろうかと思った。
　けれど、全部同じ目に遭わせるだけじゃつまらない。
　それらを総合して、どのくらいの復讐を行うのが相応しいかを考えたのだ。

吉田はまたイヤホンをつけ、スマホを見ながら歩き出す。
　あたしがあとを追いかけていることにも気がつかない。
　好きな音楽を聞いているようで、鼻歌がこっちにまで聞こえてきた。
　さっきあたしに会ったことすら、もう忘れてしまったかもしれない。
　イジメる側はいつだってそう。
　大したことはしていないと思い込んでいるから、忘れることも早い。
　吉田は大通りを抜けて、階段へと差しかかった。
「ふふっ」
　あたしは吉田の背中を見つめて笑い声を漏らした。
　長い長い下りの階段。
　よく前を見ずに歩き、鼻歌を歌っている吉田が足を踏み外してしまうまで、時間はいらなかった。
　一段目で足を踏み外した吉田は、悲鳴も上げずにそのまま階段を転落していく。
　それはまるで、ゴロゴロと転がるサッカーボールのようだった。
　転がり出した体を自分で止めることは難しい。
　吉田は何段めかでようやく悲鳴を上げ、体のあちこちをぶつけながらさらに速度をつけて落ちていく。
　階段の角にひどく頭を打ちつけたようで、途中から大量の血が流れ出して、それが階段にしみ込んでいった。
「あははは！」

吉田の悲痛な叫びも、流れる血も、どれもこれもがおかしかった。
　あたしはお腹を抱えて笑い転げた。
　吉田は長い階段をどこまでも落ちていく。
　最後のほうには悲鳴は消えて、体もまるで意識のない人形のような状態だった。
　そして、吉田の体はようやく止まった。
　遠くから見ても、その顔が原形をとどめていないのがわかった。
　命はまず助からないだろう。
「これで終わり」
　ピクリとも動かなくなった吉田を見て、あたしは呟くように言ったのだった。

## 転落

　吉田が死んだことを知ったのは、翌日のテレビニュースだった。

　地方版のニュースを見ていると、昨日の夕方階段から転落死した吉田の顔が映し出されていた。

　吉田はイヤホンを耳につけ、手にスマホを持った状態で歩いていた。

　それが原因で階段を踏み外してしまったのだと、テレビニュースは伝えていた。

「歩く時もスマホの使い方に気をつけなきゃね」

　母親は吉田のニュースを見て、顔をしかめながらそう言った。

　吉田の死は自業自得として世間に認識された。

　みんな、裏にあたしがいるなんて考えてもいないようだ。

　それが楽しくて、あたしは吉田のニュースを何度も何度も見返した。

「今日の日記にはなんて書いたっけ」

　出勤前、あたしは日記を読み直した。

　今日の日付で書かれているのは、中学時代のクラスカーストでトップになっていた女のことだった。

　別にイジメられていたわけじゃないけれど、あたしはずっとこの女が嫌いだった。

　プライドが高く、人を見下したような態度をとる女。

同級生たちはあの女が社長の娘だということで、媚びを売っていた。
　それでますますあの女は調子に乗ったのだ。
　クラスメートたちをパシリのように扱っていたことを、今でもよく覚えている。
　今日はあの女の番だった。
　想像しただけで面白い。
『あたしのパパは社長だから』
　それがあの女の口癖だった。
「何がパパだよ。ファザコンが」
　あたしは吐き捨てるように言うと部屋を出たのだった。

　女の名前は飯田智子と言った。
　クラス替えの最初の挨拶の時から『智ちゃんって呼んでね』とぶりっ子をしていたことを思い出す。
　決してかわいい顔じゃなかったから、その時はみんな冷笑を浮かべていたものだ。
　けれど、智子の家が裕福だとわかるとその態度は一気に変化した。
　智子を持ち上げれば何か奢ってもらえる。
　そう理解したクラスメートたちは、どんな些細なことでも智子を褒めるようになった。
　まったくかわいくないのに、かわいいかわいいとはやし立てた。
　智子も、最初からそうなることを理解して、あんな自己

紹介をしたのだろう。

 そんな状態だったから、智子がクラスの女王になるのに時間はかからなかったんだ。

 クラスメートが口を開けば、『智ちゃん』『智ちゃん』と聞こえてくる。

 その中心にはいつもあの女がいて、女王様のように足を組んでイスに座っているのだ。

 みんな智子が喜ぶような話を考えては大げさに話し、少しでも気に入ってもらおうと必死になっていた。

 でも、あたしは違った。

 別に奢ってほしいものもないし、お金に困っていることもないし、智子に媚びる必要がなかった。

 クラスの中に何人かそういう子もいたけれど、当然のようにのけ者扱いを受けるようになった。

 女王の智子に興味がない変な奴ら。

 そういう目で見られるようになったのだ。

 智子は時々あたしのような生徒の噂をして、クラス内を笑いの渦に巻き込んだ。

 根暗だとか、オタク連中だとか、言いたい放題だ。

 クラスメートたちはあたしたちの陰口を言えば智子が喜んでくれると考え、それはさらに悪化していった。

 やがて、はじき出された者同士がなんとなくくっついて過ごすようになり、とくに楽しくもない１年間を過ごすハメになってしまったのだ。

 智子があんな傲慢な性格じゃなければ、きっともっと楽

しい1年間になったことだろう。

　昔のことを思い出している間に、いつの間にかバイト先に到着していた。
　昨日あったヘビの死骸は今日はすでになくなっていた。
「おはようございます」
　挨拶をして事務所へと入っていくと、パートさんの中に1人の女の子が立っていた。
　頬が少し赤く、緊張しているのがわかる。
「海老名さんおはよう。今日から新人さんが入ったのよ」
　さっそく吉野さんが教えてくれたけど、新人さんの顔には、よぉく見覚えがあった。
　智子だ。
　智子もあたしにすぐに気がついたようで、パッと表情が明るくなった。
「彩愛！　久しぶり」
　馴れ馴れしく呼びかけてくるところは、昔とちっとも変わっていない。
　あたしたちは呼び捨てにし合うような関係じゃなかったし、智子に呼び捨てにされることには嫌悪感を覚える。
　けれどここは笑顔になって、智子に調子を合わせることにした。
「久しぶりだね、智子」
「あたしたち中学時代の同級生なんです」
　あたしの好意的な反応を見て、智子がうれしそうな声で

言った。
「そうだったの？　それなら海老名さんが飯田さんにレジを教えてあげたらいいわね」
　吉野さんがうれしそうに言う。
　1人だけ世代が違うため話題についていけなくなってしまうあたしのことを気にかけてくれていたのだ。
　智子がいれば、あたしの話し相手になると思っているのかもしれない。
　吉野さんと母親の表情はよく似ていた。
「もちろんです」
　あたしは好意的な態度で返事をしたのだった。
「だけど、智子はどうしてバイトなんてするの？」
　あたしは智子へ向けて尋ねる。
　お金持ちで、クラスメートたちになんでも奢っていた社長の娘。
　高校生になったからといって、バイトをする理由なんてどこにもないはずだ。
　あたしの質問に智子の表情が曇った。
「パパの会社があまり経営がよくないらしくて」
　触れてほしくない話題だったようで、とても小さな声で智子は言った。
「へぇ？　そうなんだ？」
　あたしは、初めて聞いたことのように目を見開き驚いてみせた。
　日記に書いた時に、智子の父親の会社が危ないというこ

とはすでに調べてあった。
　だからあたしは、智子が同じバイト先に来るように日記に書いたのだ。
　プライドの高い智子がバイトをする。
　それだけで屈辱的なはずだった。
　さらに中学時代に見下していたクラスメートがバイト先の先輩となると、智子のプライドはズタズタになることだろう。
　今のところ、智子はこの状況をしっかりと理解できていないようだけど、勤務が始まればじきにわかることだった。
「智子ってお金持ちのお嬢様って感じだったから、意外だなぁ」
　嫌味を込めて言うと、智子の鋭い視線を感じた。
　やっぱり、プライドの高さは変わっていないようだ。
　でも、それでいい。
　だって、そうじゃなきゃつまらない。
「あんただって、高校中退してフリーターじゃん」
　すると、智子が勢いに任せて言ってきた。
　どこからか情報が流れていたようだ。
　智子の大きな声に吉野さんがすぐに駆けつけた。
「ちょっと、やめなよ。そういうこと言うの」
　吉野さんは、あたしがバイトをしている理由をちゃんと理解してくれている。
　そして、いつでもあたしの味方をしてくれるのだ。
「智子はあたしのことを知らないから、仕方ないんです」

あたしは智子をかばうように言った。
　智子があたしを睨みつけてくるけれど、そんなこと関係ない。
「海老名さんは優しいね。飯田さんも、そんなに怒った顔しないで」
　吉野さんが智子を見つめている。
　ここでは勤務期間が長いあたしのほうが信頼もある。
　今日からバイトを始めたばかりの智子が、あたしに勝てるわけがない。
「あたしは別に怒ってなんか……」
　智子は言い返そうとしたが、さすがに気が引けるのか声はどんどん小さくなり、消えていってしまった。
　ここではあたしのほうが有利だと、ようやく気がつき始めたのかもしれない。
「じゃ、レジのセットの仕方を教えてあげるから、来てね」
　あたしは智子へ向けて冷たく言ったのだった。

　もともと智子は勉強ができるほうじゃなかった。
　バイト先でもその記憶力の悪さは発揮され、あたしの説明にもどうにかついてくるだけで精いっぱいで、メモを取る暇もない。
「ちょっとゆっくり説明してよ」
　そんな文句が隣から飛んでくる。
　でも、それに構っている暇はなかった。
「ゆっくりしてたら、お客さんを待たせちゃうでしょ」

人のために何かをするという経験もほとんどない智子が、接客業なんてできるわけがなかった。
　智子の意思でバイトを探していたら、絶対に選ばない職種だっただろう。
「智子、笑顔が消えてる」
「だって、人が多いんだもん」
「お客さんの前でムスッとしないで」
　あたしの言葉に、智子はぎこちない笑みを浮かべるだけだった。
　おまけに、レジを打たせても必ずミスをする。
　ここまでひどいとは思わなかったので、あたしは本気で呆れてしまった。
　初日だといっても、あまりに出来の悪い智子にパートさんたちも不安そうな表情をしている。
「ねぇちょっと、こっちに来て」
　お客さんが減ったのを見計らって、あたしは智子をレジの裏へと連れてきた。
　そこには狭いスペースがあり、電話やパソコンが置かれている簡易的なバックヤードでもあった。
「何？　あたしもう疲れたんだけど」
　智子は大きなため息を吐き出して言い放つ。
　疲れているのは智子に教えているあたしのほうだ。
　そう思い、智子を睨みつけた。
「智子は今日がバイトの初日なんだよ？　最初からそんな風な態度でどうするの？」

「初日だからわかんないんじゃん。それに彩愛は教えるのが下手すぎるよ。だからあたしが覚えられないの」
　決めつけるように言う智子に、怒るのを通り越して呆れそうになってしまう。
「あたしが教えたことをちゃんとメモして」
「メモするような時間なんてないじゃん！」
　智子は眉間に深いシワを寄せて反論する。
　薄い壁1枚隔てた空間で声を荒げるなんて、あり得ない。
　今の声は店内のお客さんにも筒抜けだっただろう。
「もう、とにかくミスはしないで」
　あたしはそう言い放つと、智子と2人で業務へと戻ったのだった。

　人に教えているといつもの倍の速さで時間が進んでいくように感じられ、あっという間に休憩時間になっていた。
「飯田さんも、海老名さんと一緒に休憩に入ってね」
　吉野さんにそう言われて、思わず「もうですか!?」と言いそうになったほどだ。
　あたしたちは2人で休憩室へと向かうことになった。
　レジから解放された智子は安堵の表情を浮かべている。
　今のあたしは、きっと智子以上に疲れていた。
　記憶力がないし覚える気もない智子相手じゃ、何度説明しても上手くいきっこない。
　教えている途中から、教育係を他の人に変わってもらいたかったくらいだ。

「よくこんな拷問みたいなことをしてられるね」
　休憩室へ入るや否や、智子が口を開いた。
「拷問？」
「そうだよ。学校とは全然違う」
　不機嫌そうな顔で言う智子に、思わず笑ってしまいそうになった。
　智子はお金を稼ぐということがどういうことなのか、本当に理解できていない様子だ。
　学校では女王様だったのに、ここでは一番下っ端なのが気に入らないらしい。
　しかも、智子のせいで他の人たちがすでに迷惑していることに、本人は気がついていない。
「ここは学校じゃないよ」
　あたしが呆れたように言うと、智子が睨んできた。
　相変わらず威圧的な態度だ。
「わかってる」
　そう言うなり、そっぽを向いてしまった。
「お弁当持ってきたの？」
　話題を変えて尋ねると、「ううん」と短く首を振った。
「それなら隣のスーパーに買いに行こう。あたしも持ってきてないから」
　食べ物の話になると、途端に智子は笑顔になった。
「ずっと休憩時間ならいいのに」
　なんて、無茶なことを言いながらカバンから財布を取り出している。

「行くよ」
「うん」
　智子がそう答えた時、ドアの外が慌ただしくなる音が聞こえてきた。
　その様子を確認して、あたしは持っていた財布をカバンに戻した。
「買い物に行くんでしょ？」
　ムッとした口調の智子に、あたしはほほ笑んだ。
「ちなみに言うとね、レジのお金は盗んじゃダメ」
「は？」
　あたしの言葉に智子が首をかしげた時、吉野さんが休憩室に入ってきた。
　相当慌てている様子で息が切れている。
　ただごとではない、と一瞬で理解できた。
「ごめん２人とも、レジに誤差が出てるから確認してくれない？」
　吉野さんの言葉に智子が大きなため息をついた。
「あたし、今休憩に入ったばかりなんですけど」
　いきなり文句を言う智子に吉野さんは困ったように眉を寄せた。
「智子、ここではレジに誤差が出たらレジをしてた人が確認するんだよ？」
　そう言っても智子はイスから立ち上がろうとしない。
「彩愛１人で行ってきてよ」
　ムスッとした表情で口を開く智子。

そんな態度の智子に一瞬何か言い返そうと思ったけど、吉野さんをいつまでも待たせるわけにはいかないと気がついた。
「いいけど、レジをしてたのは智子だからね？」
　そう言うと、智子が舌打ちをするのが聞こえてきた。
　けれど、あたしたちについて休憩室を出てこようとはしない。
　本当に我儘な女。
「レジ、どのくらい違ってました？」
　そう聞くと、吉野さんは深刻そうな表情を浮かべた。
「それが1万円も違うの」
「1万円!?」
　あたしは目を見開いて驚きの声を上げる。
「うん。こんなに違うことって今までなかったでしょ？」
「そうですね……。ごめんなさい、あたしが隣についていたのに、気がつかなくて」
「ううん。海老名さんのせいじゃないけど……あの子、ちょっと性格的にどうかと思う」
　吉野さんが小声になって言ったので、
「そうですよね……」
　あたしは曖昧に頷く。
　吉野さんの意見には大いに賛成だけれど、それを表に出すことはできなかった。
「でも、いい子ですから」
　そう言いながら、あたしは智子がさっきまで使っていた

レジの前に立った。
　誤差は1万円。
　あたしが日記に書いたとおりだ。
　それ以上の誤差がないのは少々意外だった。
　あんな仕事の仕方をしていたから、日記に書いた以上の誤差があると思っていた。
「今、店長が監視カメラを確認してくれてるから、あたしたちはもう一度数え直してみましょう」
「はい」
　あたしは素直に頷き、レジの中のお金を数え始めた。
　昼でもお客さんは多いから、1台レジが止まっているだけで列ができる。
　こんな中でも、智子はのん気にスーパーへ行って1人でご飯を食べているのだろう。
　学校ではそれが通用しても、ここでは通用しない。
　さっきから他のパートさんたちがいつもよりもピリピリとした雰囲気になっているのが、肌で感じられた。
「2人とも、レジ誤差の原因がわかったよ」
　計算をしていた途中で店長が声をかけてきたので、あたしと吉野さんは手を止めた。
「監視カメラを確認してくれ」
　深刻そうな表情で言われ、2人で目を見交わした。
　監視カメラに映っていたのは、なんと1万円札をスカートのポケットに入れる智子の姿だったのだ。
「信じられない」

吉野さんが目を丸くしてそう言った。
「なんでこんなことを……」
　あたしも、同じように驚いたふりをして言った。
　でも、もちろんこれはあたしが日記に書いたとおりの出来事だった。
　智子本人も気がついていない、無意識のうちに行われている。
「智子の家、あたしが思っている以上に厳しいのかもしれません」
　あたしの言葉に、店長は頷いた。
「飯田さんの家は昔から有名な家だったけれど、最近はあまりよくないと聞いていたんです。だけど、まさかここまでとは思わなかった」
「家のせいじゃありませんよ。本人の問題です」
　吉野さんは、今まで見たことのないような険しい表情で言った。
「……そうだな。普通ならこんなことはしない。いくら家の状況が厳しくても、言い訳にはならないな」
　店長は吉野さんの意見に頷いて、ため息を吐き出した。
「とりあえず、原因がわかったから。海老名さんは休憩に戻っていいよ」
「いいんですか？」
「もちろん。大丈夫だからあとは任せて」
　店長にそう言われたので、あたしは大人しく休憩室へと戻った。

「あ、どうだった？」
　外での出来事を知らない智子は1人でテレビを見て笑いながら、あたしに声をかけてきた。
　テーブルには空になったお弁当容器が置かれている。
　店を出るにはレジの横を通るのに、あたしたちに目もくれずに買い物へ出かけたようだ。
　普通なら少し気にしたり、声をかけたりしそうだけど、それすらもしなかった。
　その図太さには本当に感心する。
「あのさ、たぶん智子は店長に呼ばれるよ」
　あたしはカバンから財布を取り出して声をかける。
「はぁ？　なんで!?」
「知らない」
　あたしは短くそう答えて休憩室を出た。
　そして、あたしと入れ替わりに店長が入っていって、智子に話しかけている。
　少しの会話のあと、店長は智子と2人で話すため、店長室へと入っていった。
　何も知らない智子はムスッとした表情で、あたしを睨みつける。
　自分にとって嫌なことがあると、全部他人のせいだ。
　智子の性格は昔からそうだった。
　そんな智子が店長室でどんな説教をされるのか、話を聞くことができないのが残念だった。
　あたしがお弁当を買って戻ってくると、智子がお店のお

金をポケットに入れたことが店中に広まっていた。
　智子はお金を盗むためにこの店にバイトとしてやってきたんじゃないかと、疑う人もいるくらいだ。
　あたしはその噂話に耳を傾けながら、ご飯を食べた。
　あれだけ女王様だった智子が、ここではただの泥棒だ。
　その転落っぷりを見ていると、とても心地がよかった。

　それから数時間後、ようやく智子が店長室から出てきた。
　智子の目は吊り上がり、怒りで頬が赤くなっている。
「智子、大丈夫？」
　午前中と同じように智子と一緒にレジに入ったあたしは、気づかうふりをして尋ねる。
「大丈夫なように見える？」
　その声は低く、怒りを含んでいるのがよくわかった。
「だけど盗んだんでしょ？」
「あたしは盗んでない！」
　智子がレジ台を叩きながら叫んだ。
　お客さんたちが何事かと、こちらへ視線を向ける。
「そういうの、よくないよ」
　あたしは小さな声でたしなめる。
「あたしじゃない！　あたしは何もしてない！」
「だけど監視カメラにはちゃんと映ってた。その場でクビにならないのが不思議なくらいだよ」
　智子がなんと言おうが言い逃れはできない状況だ。
　智子は下唇を噛みしめて俯いている。

「無意識のうちにお金を盗んだなんて、誰が信じると思う？ みんなの顔を見てみなよ」
　あたしの言葉に、智子は顔を上げてパートさんたちを見まわした。
　みんな、智子と視線が合いそうになるととっさに逸らしている。
　こちらを見てコソコソと噂話をしている人もいる。
　その様子に智子の頬がまた赤くなった。
　こんな屈辱的な気分になったことは、今まで一度だってないんだろう。
「あたしじゃない……。あたしの家にはお金があるんだから！」
「静かにして智子」
　だけど、一度怒り出した智子はなかなか止まらない。
「あたしはこんな場所でバイトするような人間じゃない！ 本当は違う‼」
　今にも暴れ出してしまいそうな智子に、あたしは内心大笑いしていた。
　自分の家がどれほど危機的状況なのか、智子はいまだに理解できていないようだ。
　ここで大暴れなんてすれば、それこそ命取りになるというのに。
「飯田さん、何してるの」
　吉野さんが智子を止めに入るけど、智子はその手を振り払った。

「こんなはした金！　あたしは盗んだりしない！」
　悲鳴に近い声を張り上げながら、１万円札の束をレジから取り出す智子。
「やめなさい！」
　吉野さんの静止も聞かず、智子は握りしめた１万円札をビリビリに引き裂いたのだった。

## 止まらない

　浴室の中で智子の狂ったような顔を思い出し、あたしはまた笑ってしまった。

　あのあと智子は店長たちに取り押さえられ、警察に連れていかれてしまった。

　今までのやり方からしたら生ぬるいけれど、飯田の娘が錯乱状態になったと噂になれば、あの家はもうおしまいだ。

　中学時代の女王様は転落人生を歩むことになるだろう。

　想像するだけで楽しかった。

「明日は誰のことを書いたんだっけ」

　湯船にゆったりと浸かりながら呟く。

　復讐が実行されるたびに、あたしの心は軽くなっていく。

　花音が心配していたようなことなんて、あり得ない。

　そこまで考えて思い出した。

　そうだった、明日書いたのは近所の犬のことだっけ。

　雑種の茶色い犬。

　誰が相手でも家の前を通りかかればすぐにほえたてて、芸の1つも覚えることのできない、バカな犬だ。

　あの犬は少し狂暴な性格をしていて、子供のころ手を噛まれたことがあるんだ。

　今では老犬になって大人しいけれど、噛まれた時の傷はまだ残っている。

　あたしは自分の右手を見つめた。

犬歯が突き刺さった場所だけ色が変わっている。
　当然ながら、触れてみてももう痛みはない。
　傷は完全に塞がっている。
　けれどあの犬があたしの目の前で死んでくれれば、きっと心はもっとスッキリすることだろう。
　その感覚をもう一度、味わいたいと感じていた。
　あたしに嫌な思いをさせてきたものを１つ残らず消してやることが、まるで麻薬のような快感をもたらしていた。
　あの老犬はそのための大切な材料だった。
「明日が楽しみ」
　あたしは思わず声に出して、ほほ笑んだのだった。


　この日、あたしは夢を見た。
　剛の両親と初めて会った時の夢だった。
　剛の両親はとても優しくて、家に遊びに来たあたしを笑顔で出迎えてくれた。
「剛にこんなかわいい彼女ができるなんて、思ってなかったなぁ」
「そうね。いつでも家に遊びに来てね」
　そして、おいしい紅茶を出してくれたのだ。
　どうしてそんな夢を見たのかわからないけど、ふと目が覚めた時、外はもう明るくなっていた。
　今日はバイトが休みだからアラームをかけていなかったのだ。
「懐かしい夢」

そう呟きながら上半身を起こすと、自分の頬が濡れていることに気がついた。
　え？
　驚いて鏡を確認する。
　鏡に映っている自分はたしかに泣いているようだ。
「なんで……？」
　手のひらで涙をぬぐい、顔をしかめる。
　もしかして、さっきまで見ていた夢が原因だろうか？
　冗談じゃない！
　あの２人は剛を産んだ最低な人間のはずだ。
　少し優しくされた経験があるからといって、泣くなんてあり得ないことだった。
　あいつらのために流す涙なんて、あたしは一滴も持っていない。
　あたしは自分自身に言い聞かせた。
「きっと目が疲れてるせいだ」
　そして、洗面所へと向かった。
　凍えるほど冷たい水で顔を洗うと、ようやく頭がスッキリしてきた。
　今日は近所の犬の番だ。
　それをちゃんと見届けて、腹の底から笑ってやるんだ。
　そう思うと、徐々にいつもの自分を取り戻し始めた。
　ここ最近は剛への復讐から離れているから、剛本人も落ちつきを取り戻し始めているかもしれない。
　でも、それが狙いの１つでもあった。

２週間何事もなく経過すれば、剛の気分は緩むはず。
 その油断しているところを狙って、また剛への復讐を書き始めるつもりだった。
 いったん終わっていた不幸が再び降りかかってきた時、人間は弱い。
 剛がどんなふうに崩壊していくのか、見るのが楽しみだった。

 あたしは母親にコンビニへ行くと伝えて家を出た。
 外は雪でも降り出しそうなくらい寒い。
 コートの前をキッチリと止めて歩き出す。
 いつもどおり灰色の屋根の家まで歩くと、その庭に犬小屋が見えた。
 小屋の中で茶色い毛並が丸まっているのが見える。
 手作り感あふれる赤い屋根の小屋には【ゴン】と黒いペンキで書かれていて、それはもうずいぶんと剥げてしまっている。
 ゴンは名前のとおり強そうな顔をした犬だった。
 大きな牙に吊り上がった目は、幼いあたしにとっては怪物のように見えたこともある。
 ここ数年のゴンは顔中シワシワになり、灰色に濁った目はどこまで見えているのかわからない様子だった。
 いつ死ぬかわからない老犬だ。
 この家の主も、もう心の準備はできていることだろう。
 あたしはジッと犬小屋を見つめた。

今はまだその時じゃないのか、犬は丸まって出てこようとしない。
　それを確認したあたしは仕方なく歩き出した。
　どのタイミングで復讐が実行されるのか、わかればいいのに。
　母親へ伝えたとおり、あたしはコンビニへと向かった。
　温かい飲み物を買い、イートインスペースに座る。
　今日は平日だからこの時間のコンビニに客は少ない。
　１人でフリーペーパーを読んで時間を潰していると、外に雪がちらつき始めた。
　本格的に寒くなってきたと思っていたら、雪か……。
　空になったペットボトルを捨て、コンビニを出る。
　ゴンはまだ小屋の中にいるだろうか。
　そう思って歩き始めた時、前方からヨタヨタと歩いてくる老犬の姿を見つけた。
　今にも崩れ落ちてしまいそうなその犬は、見間違いようもなくゴンだ。
　いつの間に、こんなにヨボヨボの老犬になってしまったんだろう。
　そういえば最近はゴンが散歩している姿を見ていない。
　もう、歩けないくらいになっていたからなのだろう。
　その様子に少しだけ胸が痛み、あたしは右手の傷口を確認した。
　ゴンにつけられた傷をあたしは忘れていない。
　ヨボヨボになるまでずっと健康で過ごしてきたゴンの

だ、最後くらい苦しんでもらっても問題ないはずだ。
　あたしはそう思い、ゴンを見た。
　今度はゴンの姿に笑みが浮かんだ。
　どれだけ強い犬でも、ここまで年老いてしまえばみんな同じだ。
　怖さなんて少しも感じなかった。
　ゴンはフラフラしながら歩いていく。
　あたしはそのあとを追いかけた。
　こんな寒い日にいったいどこへ行くの？
　心の中でそう質問する。
　ゴンは答えずにどんどん進んでいく。
　まるで、何かに導かれるように歩いていく。
　いくつもの電柱を通りすぎ、さっきまでいたコンビニを横目に見て、まだ歩く。
　辿りついた先は小学校の下にある用水路だった。
　懐かしい光景にあたしは目を細めた。
　この丘の上にある小学校に、あたしも毎日通っていた。
　そのころゴンに手を噛まれたんだ。
　あの時は本当に怖くて、痛くて、大声で泣きたかったけれど、ゴンに睨まれている気がして涙も引っ込んでしまったんだ。
　目の前を歩いていたゴンが用水路の前で立ち止まる。
　寒さは厳しさを増し、用水路の勢いもある。
　もし、万が一にでもここへ落下すれば、老いぼれ犬なんて簡単に死んでしまうだろう。

ゴンが一度こちらへ視線を向けた。
　まるで子犬のように鼻を鳴らす。
　だけどあたしは手を差し伸べることはしなかった。
　ジッと、無言のままゴンを見つめる。
　やがてゴンは諦めたように用水路とへと向き直り、自分からその中へ身を投げ出したのだった。

## 冷たい態度

　犬でも自殺ってするんだね。
　濁流にのみ込まれるゴンを見つめて、あたしはボンヤリと考えた。
　用水路の中に自分から身を投げたゴンは今、水面に顔を浮き沈みさせながらもがいている。
　必死で犬かきをして流されまいとしているけど、強い流れに抗うことはできず、どんどんその体は沈んでいく。
　時折顔を見せては苦し気な呼吸を繰り返し、そしてまたすぐに頭まで沈む。
　老犬の体力はそんなに持たない。
　ゴンは数回水面に顔を出しただけで、犬かきをやめてしまった。
　気絶したのかもしれない。
　あるいは自分の死を悟って諦めたのかも。
　生きることを諦めたゴンは、水の流れの赴くままに流されていく。
　それでも、あたしの足はゴンについて歩いていた。
　きっと、まだ日記の効果が続いているからだろう。
　やがて、ゴンの体が水の流れで横向きになったり、クルクル回転したりした。
　その瞬間、ようやくあたしは自分の意思を取り戻し、足を止めることができていた。

死んだんだ。
　どんどん流されていくゴンを見送り、あたしは内心ほほ笑んだ。
　もう痛くない手の傷が、どんどん癒えていくような気がする。
「仕方ないよね、老犬だったんだから」
　あたしはそう呟き、用水路をあとにしたのだった。

　帰り道、ゴンの家の前を通りすぎるとゴンの家族が庭に出てきていた。
　突然いなくなったゴンを全員で探しているようだ。
「ゴン、どこにいるのぉ？」
　小学生くらいの女の子が、目に涙を浮かべてゴンの名前を呼んでいる。
　この家の孫だ。
「ゴンはもうおじいちゃんだったからね、1人で旅に出たのかもしれないね」
　すると、母親が、その子供をなぐさめ始める。
　不意にその母親と視線がぶつかり、一瞬たじろいでしまった。
　ゴンの最期を見届けた直後だから、思わず視線を逸らしてしまいそうになる。
「こんにちは」
　声をかけられて、あたしはぎこちなく笑顔を向けた。
「こんにちは」

早口に言い、自分の家へと足を進めた。
　あたしが犯人だなんて誰も知らないはずなのに、心臓がバクバクと早鐘を打ち、嫌な汗が背中に流れていった。
　家に戻ると深呼吸をして気持ちを落ちつかせ、気を取り直した。
　少しだけ胸が痛んだ気がしたのは、きっと子供の泣き顔を見たからだ。
　そうに決まっている。
　それより、今日の出来事は花音に連絡しなきゃいけない。
　あたしはすぐにスマホを手にした。
　動物も操れるこの復讐日記は、もっともっと面白いことに使えるかもしれない。
　どんな相手でも自分の言いなりになるんだから、お金を好きなだけ手に入れることもできる！
　好きになった相手を振り向かせることだって簡単だ。
【花音聞いて！　この復讐日記、犬にも効果があったよ！】
　花音ならきっと喜んでくれる。
　そう思って送ったメッセージだった。
　花音はどんな反応をくれるだろうか？
　驚いて、それから祝福してくれるだろう。
　ワクワクしながら返事を待っていた。
　それが……。
【もう、やめたら？】
　数分後、花音から送られてきたメールに、あたしは唖然としていた。

【もう、やめたら？】
　その短い文面を何度も何度も読み直す。
　頭の中が真っ白だ。
　指先も震えて、上手く文字が打てなかった。
【え？　なんで？】
　どうにか短いメッセージを返すことができた。
【だって、もう十分じゃないの？】
　十分って、何が十分なんだろう。
　あたしは花音のメッセージに混乱する。
　この前も花音の言っていることの意味がわからなかったけれど、今日も同じだ。
　花音はあたしにとって一番の理解者で、一番の親友。
　それなのに、どうして理解できないことばかり言うんだろう。
　花音に返事をしようとした手が止まった。
　テーブルの上の復讐日記に視線を向ける。
　花音は、この日記をいい方向へ使うことができるんじゃないかと言っていた。
　今でも、そんなくだらないことを思っているのだろうか。
　そう思うと、メッセージを送る気分じゃなくなってしまった。
　スマホを置き、日記を見つめる。
　明日の復讐も、明後日の復讐ももう書き込まれている。
　それなのに、花音はこれをやめろと言っているのだ。
「意味がわからないよ、花音」

ポツリと呟く。
それはあたしの本心だった。
　一番重要な剛への復讐だってまだできていないのに、やめるわけがない。
【今日、ちょっと会おうよ】
　花音からそんなメッセージが送られてきて、一瞬あたしは躊躇した。
　今の花音は自分の味方とは思えない。
　会えばきっと説教みたいなことをされるだろう。
　あたしはスマホを握りしめて考え込んだ。
　もし万が一、花音があたしに何か言ってくれば……その時は、この日記がある。
　あたしは日記を握りしめた。
　今、あたしが信用できるのは、この日記だけだった。
　この日記は決してあたしを裏切らない。
　花音のように、あたしのしていることを非難したりもしない。
　あたしの心の支えはすでに花音から、復讐日記へと移り変わっていたのだ。
　いざとなれば、花音にも使う。
　今はその覚悟ができるほどだった。
【いいよ。会おう】
　あたしは花音へそう返事をしたのだった。


　高校が終わる時間には寒さは少し和らいでいた。

ゴンが用水路に転落したあの時だけ、急激に寒くなっていたようだ。
「彩愛……！」
　約束場所のコンビニで、あたしの顔を見るなり花音は駆け寄ってきた。
「花音、学校お疲れ」
「うん……」
　今日の花音はどうしてか泣きそうな顔をしている。
「どうしたの花音、何かあったの？」
「何かって……何かあったのは彩愛でしょ？」
　花音の言葉に、あたしは首をかしげた。
「どういう意味？」
「どういうって……彩愛、自分の顔ちゃんと見てる？」
　あたしは再び首をかしげた。
　自分の顔なら毎日ちゃんと見ている。
　接客業なんだから、最低限の身だしなみは気にしていた。
「見てるよ、いったい何？」
　ムッとしながら聞き返すと、花音がカバンから手鏡を取り出しあたしの前に突き出してきた。
　確認してみると、たしかに自分の顔が映っている。
　少し疲れているような顔をしているけれど、いつもどおりだ。
「何か変？」
　鏡を確認して、花音へ向けて尋ねる。
「うん……。すごく疲れた顔してる。目の下のクマだって

ひどいじゃん」
　花音は本気で心配そうな顔をしているけれど、今日はゴンを追いかけて歩いたから、それで疲れているだけだ。
「そんなの気にしすぎだよ」
　あたしは笑った。
「だって学校とバイトは違うもん。花音だってわかってるでしょ？」
「その顔はバイトのせいだってこと？」
　花音は疑っているような表情をあたしへ向ける。
　花音はいつからこんなに人を、しかも親友を信じない子になったんだろう。
　一緒に登下校をしていたころは、そんな子じゃなかったのに。
「そうだよ。お金を稼ぐのって大変」
　ため息交じりに言うと、花音が真剣な表情であたしを見つめてきた。
「彩愛、本当にそう思ってる？」
「どういう意味？」
「バイトを始めたばかりの時だって、そんなにひどい顔してなかったよ？」
「そう？」
　そんな昔のことを言われても、覚えていない。
「復讐日記のせいじゃないの？」
　小さな声で花音が聞いてくる。
「え？」

「書いた内容が全部彩愛の目の前で実行されてるんだよね？　それって、絶対冷静じゃいられないよね!?」
　花音の声が徐々に大きくなる。
　コンビニ客たちの視線を感じて、あたしは顔をしかめた。
「花音、声が大きいよ。外へ出よう」
　復讐日記の話になるとどうしてもヒートアップしてしまいそうなので、あたしは花音と一緒にコンビニの外へと移動したのだった。

「結局、花音はあたしに説教がしたいの？」
　花音の家にお邪魔したあたしは、向かい合って座っている花音へ向けて尋ねる。
　テーブルの上に温かなココアが出されているけれど、口はつけていない。
「説教？　そんなわけないじゃん」
　花音は驚いたように答えた。
「じゃあ何が言いたいの？」
「メッセージでも送ったけど、もう復讐なんかやめたほうがいい」
　予想どおりの花音の言葉に大きなため息が出た。
　やっぱり、花音はあたしに説教がしたいだけだ。
「そういうの、説教っていうんだよ」
　あたしの言葉に、花音は押し黙ってしまった。
「花音はあたしのやってることが気に入らないの？」
「気入らないというか……間違ってると思う」

その言葉に、あたしはため息を吐き出した。
「意味がわからないよ花音。あたしはあの日記を書かなきゃいけないの。知ってるでしょ？」
「それなら、いいことに使えばいいじゃん」
「せっかくの復讐日記を？」
　あたしの言葉に花音が黙り込んでしまった。
「今書いてることが全部終わったら、また剛のことを書き始める予定なんだよ。時間が開いて油断しているところに復讐してやるの」
「彩愛……。本当にそれで彩愛の心が晴れるの？」
　その言葉にあたしは大きく頷いた。
「もちろんだよ！　今だってすごくスッキリした気分なんだから」
　それは本心だった。
「ねぇ、どんなことを書いたのか日記を見せてよ」
　そう言われて、あたしは日記を取り出した。
　花音が受け取り目を通していく。
「ずいぶんと細かく書き込んでるね」
「書いてたらどんどん復讐したい内容が浮かんでくるの」
　あたしは、はしゃぐような口調で言った。
　復讐日記を書いている時は夢中になれるんだ。
　嫌なことを思い出しながら書いているのに、嫌なことを忘れられるような気がする。
　とても不思議な感覚だった。
「そうなんだ……」

「明日の復讐もすごく楽しみ！」

あたしが楽しげに言うと、花音はもう一度日記に視線を落とした。
「これ、中学時代の先輩のこと？」
「そうだよ」

あたしは大きく頷く。

明日の復讐相手は中学校時代の先輩だ。

同じ美術部だったその先輩は、ことあるごとにあたしの絵具やデッサン帳を使っていた。
『今度新しいのを買って返すから』

そう言っていたけれど、新品になって戻ってきたことは一度もない。

今思い出しただけでもイライラしてくる出来事だけど、当時は部内の上下関係もあり、何も言えなかった。
「これ、書いてて楽しい？」
「もちろんだよ。すごく楽しいよ。だから、花音にも貸してあげるって言ってるじゃん」

あたしの言葉に花音は顔を歪めるようにして笑い、左右に首を振った。
「彩愛は、この先輩が今どうしてるか知ってるの？」

あたしは「知らないよ」と、即答した。

憎い相手が幸せに暮らしていることなんて、知りたくもないし。
「これ、見て」

花音はそう言って、机の引き出しから近くの専門学校の

パンフレットを取り出した。
　美術系の専門学校で、全国的にも有名な学校だ。
「ここ」
　テーブルの上に開いて置かれたパンフレットに視線を落とす。
　そこには、コンテストで入賞した人の作品が紹介されていた。
　その中によく知っている名前を見つけて、あたしは動きを止めた。
「この金賞作品って、先輩？」
「うん、そうだよ」
　花音が真剣な表情で頷いた。
　とても鮮やかな向日葵の絵だ。
　赤や青もふんだんに使っていて、ダイナミックに描かれた向日葵には思わず釘づけになってしまう。
「先輩の将来を潰すつもり？」
　花音の非難めいた言葉に、あたしは思わずプッと噴き出していた。
　それを見た花音が驚いたようにあたしを見つめる。
「ちょうどいいじゃん！　あたしの目的は復讐。相手が幸せなら余計に効果的でしょ？」
　ワクワクしながらあたしは言った。
　花音は唖然とした表情をこちらへ向けている。
「彩愛は人の人生を壊しても、なんとも感じないの!?」
「人生が壊れたのは、あたしだって同じでしょ？」

「そうかもしれないけど、それと先輩は関係ないよね？」
　食い下がる花音にあたしは再び向日葵を見た。
「そっか、花音はこの絵が好きなんだね」
「え……？」
「だからそこまで先輩のことを守ろうとするんでしょ？」
　首をかしげて聞くと、花音は困った表情を浮かべて曖昧に頷いた。
「それなら大丈夫だよ。先輩が本当に絵が好きな人なら、きっとまた描き始めるから」
　あたしはパンフレットを閉じた。
「彩愛……」
　花音はまだ何か言いたそうにしていたけど、それっきり黙り込んでしまったのだった。

## ミス

　それからどんな話をしても、花音との会話が弾むことはなかった。
　その原因が復讐日記であることはわかっていたけれど、あたしは日記をやめるつもりはなかった。
　せっかくここまで来たのに、どうしてやめなきゃいけないんだろう。
　自室に戻り、ベッドに仰向けに寝転んで目を閉じた。
　目の裏に真っ赤な炎が燃え盛っているのが見えた。
　葬儀場が火事を起こした時の光景だ。
　強い炎がメラメラと立ちのぼっている。
　その光景が脳裏に浮かんでくるだけで、肌に熱さを感じ、両腕をさすった。
　最近、いつもこうだ。
　目を閉じれば復讐した相手の顔が浮かんでくる。
　転がった頭部や、炎、階段を落ちていく姿。
　それはまるで高性能な機械で録画されているように、劣化することのない光景だった。
　血しぶきの１滴１滴まで、鮮明に記憶されている。
『彩愛は変わっちゃったね』
　今日の帰り際、不意に花音から言われた言葉を思い出して目を開けた。
　少し眠っていたのか、体に汗が滲んでいる。

冷たくて、感情を読み取れなかった花音の言葉。
「あたしは変わってなんかない」
ベッドをおりて呟くように言う。
早足に洗面所へと向かい、自分の顔を確認した。
そこに映っていたのは疲れた顔をした自分だった。
目の下のクマ。
充血した目。
年齢よりも数倍年を取ったようにも見える。
その姿に一瞬息をのんでしまった。
コンビニでは、少し疲れている程度にしか見えなかったのに！
家に戻って少し冷静になったから、ようやく自分の姿をしっかりと見つめることができたのかもしれない。
まるで幽霊でも見ているかのような、自分の驚いた顔。
おそるおそる鏡に手を触れて愕然とする。
いったいいつからこんなことになっていたんだろう？
花音はどんどん疲れていくあたしを、ちゃんと見てくれていたということだ。
本当に心配してくれていたのだ。
「でも……どうして……？」
鏡に手を触れたまま、呟いた。
どうしてこんなに老けてしまったんだろう。
花音の言うとおり、復讐が目の前で実行されているから精神的に参っているのだろうか？
そこまで考え、左右に首を振った。

そんなことない。
　あの日記は関係ない。
　だって、今までだって上手くいっていたんだから。
　相手の苦しむ顔を見たって、悲しいと感じたことは一度もないし。
　きっと、アルバイトで疲れているせいだ。
　自分の姿を見つめていることができず、あたしは鏡から視線を逸らした。
　原因がなんにせよ、花音を突き放してしまったことには違いない。
　謝らないと……。
　あたしはすぐに自室へと戻り、スマホを取り出した。
　復讐日記が原因かどうかはあとまわしにして、とにかく花音に謝らなきゃいけない。
　そう、思ったのに……。
【花音、さっきはごめん。花音が心配してくれてたことに気がつかなかった】
　そんな内容のメッセージに、花音から返事が来ることはなかったのだった。

　花音から連絡がないまま、次の日になっていた。
　鏡の中のあたしは相変わらずひどい顔をしていて、ファンデーションでどうにか目の下のクマを隠してバイト先へ来ていた。
「海老名さんどうしたの？　すごく疲れた顔してるけど」

メイクでは隠しきれない疲れを見抜いたのか、吉野さんが聞いてくる。
「大丈夫です」
あたしは無理やり笑顔を作って、元気なふりをすることしかできなかった。
でも、いくら外見を元気に見せてみても、そう簡単には元には戻れない。
長時間レジに立っていることが辛くなり、何度も小休憩を挟んだ。
そんなあたしを見て、他のパートさんたちも心配してくれている。
だけど心は誰かへの復讐をつねに望んでいて、お客さんの中に幸せそうな人がいると、嫉妬にも似た強い怒りとストレスを感じる。
心と体がバラバラになってしまったかのような感覚。
つい最近までどうってことなかったのに、今日のあたしはどうしてしまったんだろう。
お客さんが自分のレジに来ても笑顔を作ることが難しく、まるで智子みたいな出来の悪さだ。
きっと、花音にあれだけ心配されたからだ。
人は無駄に心配されると、体調が悪いわけでもないのに気にしてしまうと聞いたことがある。
まさに、病は気からだ。
気持ちを奮い立たせてどうにか自分の勤務をすべて終えてレジの点検を取っていた時……やってしまった。

「海老名さん、レジに誤差が出てるから少し待ってね」
　吉野さんにそう言われ、あたしは愕然としてしまった。
　バイトに入りたてのころには何度かレジで誤差を出してしまったことがあるけど、ここ数ヶ月はそんなこと一度もなかった。
　あたしにレジを任せておけば安心だと、他のパートさんたちだって言ってくれていたくらいだ。
　それは高校を中退してしまったあたしにとって、大きな自信に繋がっていた。
「う～ん、何度数えてみても100円足りないね」
　店長があたしのレジを数え、そう言った。
　怒ってはいない。
　それほど大きな金額ではないし、あたしは普段からレジ誤差を出さないからだ。
　でも……。
「嘘ですよね？」
　思わず尋ねていた。
　学校を辞めてからのあたしの居場所はここだけだった。
　だからこそ、必死で頑張ってこれたし、他の人たちとも仲良くしてきた。
「気にしないで、大丈夫だから」
　店長も吉野さんも、そして他のパートさんたちもあたしの誤差を気にしていない。
　気にしているのは、あたしだけだ。
　そう理解しているのに、納得することができなかった。

あたしの居場所がなくなってしまう。
　自信がすべて崩れ落ちていく。
　そんな不安が胸に渦巻いていた。
「もう一度、ちゃんと数えてください！」
　泣きそうになり、大きな声を出してしまった。
「何度も数えたよ。大丈夫だから、もう帰っていいよ」
　すると、店長が少し驚いた様子で、言う。
　違う。
　あたしは許されたいんじゃない。
　ここでミスがあったと信じたくないんだ。
「どうしたの海老名さん？　ちょっと、休憩室に移動しようか」
　ほんの少しのミスで泣きそうになっているあたしを見て、吉野さんは優しい口調で言ったのだった。

　休憩室に入ってイスに座ると、少し心が落ちついてきた。
「大丈夫？」
　吉野さんに聞かれて、あたしは頷いた。
「最近、海老名さんのまわりではいろいろとあるみたいだし、無理しなくていいんだよ？」
　吉野さんの言葉が胸に突き刺さる。
　あたしの身のまわりで起こっていることは、すべてあたしが日記に書いた出来事だ。
　誰のせいでもない。
「大丈夫です。ミスしたから、ちょっとショックで……」

「完璧なんて求めなくていいし、休みたい時は遠慮なく言えばいいからね？」

吉野さんの言葉に、あたしは返事をできなかった。

申し訳なさと、情けなさがないまぜになって言葉を失わせる。

「今日はもう帰ります。本当にすみませんでした」

あたしは、吉野さんに深く頭を下げたのだった。

## 先輩

　人より少し早めにお店を出た瞬間、思い出した。
　今日は美術部の先輩の番だ。
　そう考えた瞬間、胸が高鳴った。
　あの偉そうな先輩の泣き顔、苦痛に歪む顔を早く見たいと心が躍る。
　しかしそんな気持ちに反してあたしの足は重かった。
　今はまだ日記が関与していないはずなのに、なぜだか前に進むことができない。
　足の重さと正比例するように、胸のワクワクが薄れていくのを感じる。
　どうしてしまったのだろうか。
　日記に書いたことが現実に起こるなんて、とても楽しくて素敵なことなのに。
　どうしてあたしの胸は、少しずつ重たくなっているんだろうか。
　足を一歩踏み出すたびに、泥沼の中を進んでいるような気分になる。
　これほど足が重たいと感じたのは初めての経験だった。
　ダラダラと歩くあたしを急かすように、不意に歩調が早まった。
　始まったのだ。
　重たい足を動かすのはとてもしんどく、すぐに息が切れ

てきた。

　だからといって止まるわけじゃない。

　あたしの足は前へ前へと進んでいき、ある場所でピタッと止まった。

　服屋から歩いて5分ほどの場所にある画材屋。

　小さな画材屋だけど、学校からも近いということで放課後になると美術部の部員で賑わっている。

　画材屋の前であたしの足は止まった。

　ガラス越しに店内を確認してみると、見知った顔を見つけることができた。

　復讐の相手。

　美術部の先輩だ。

　先輩は店内の商品を真剣な表情で見つめている。

　時々店員さんに何か質問しながら、絵具やデッサン用の鉛筆をカゴの中に入れていく。

　その光景を見ながら、あたしが盗られたものはなんだったっけと、記憶を辿った。

　何せ、たくさんありすぎて思い出せない。

　絵具や鉛筆はもちろんのこと、新品のクロッキー帳をそのまま持っていかれたこともある。

　さすがにそれは戻ってきたけれど、ページの半分ほどが破り取られた状態だった。

　さまざまな出来事を思い出すにつれて、心の重みが取れていくような感じがした。

　憎しみと復讐心に身をゆだねることのほうが、今のあた

しにとっては楽なのだ。
そして、あたしは苦笑いを浮かべた。
あたしは、自分で気がついていないだけで、かなりのイジメられキャラだったみたいだ。
どこへ行っても、誰といても、いつの間にか下に見られている。
自分では頑張っているつもりでも、気がつけば同じキャラに定着してしまうのだ。
学校を辞めてからはそれもなくなったけれど、当時を思い出すと我ながらかわいそうだった。
そんなことを考えている間に、先輩がいくつかの画材を購入して店を出てきた。
先輩はあたしだと気がつかずに歩いていく。
気がつかれなかったことにガッカリしたと同時に、安堵した。
イジメている側の人間なんて、やっぱりその程度なんだ。
今までだってそうだった。
それに、復讐前に馴れ馴れしく話しかけられるよりは気がつかれないほうがマシだった。
あたしは先輩のあとをつけて歩き出した。
先輩はこれからデッサンをするようで、購入した袋を持って河原を歩き始めた。
この辺の景色は部活の中であたしもよく描いた。
懐かしさを感じていた時、不意に先輩が立ち止まった。
描く場所を決めたのではない。

先輩はなんの前触れもなく、カバンの中から財布を取り出すとそれを木の幹に置いたのだ。
　小ぶりな二つ折り財布で、革製のいいものだ。
　さすが先輩、持ち物のセンスもいい。
　先輩はそのまま歩き出す。
　あたしは先輩の財布を拾い中身を確認した。
　学生だからそんなにお金はないはずだけど、先輩の財布の中には１万円札が何十枚と入っている。
　見た瞬間、顔がニヤけた。
　バイト代の３ヶ月分くらいはある。
　これだけあれば、いくらでも好きなものを買うことができる。
　あたしはそれをすべて抜き取り、空になった財布だけ木の幹に戻し少し離れた。
　歩いていた先輩に声をかける男の人がいる。
　先輩は首をかしげているけど、男性の声はどんどん大きくなり、ここまで聞こえてきた。
「レジの中の金を盗んだだろ！！」
「知りません。なんのことですか？」
　怒る男性と、困惑する先輩。
　男性はさっきの画材屋の人だとわかった。
　現実ではありえないようなやりとりが始まり、その日記の効力に、あたしはゾクゾクする。
　笑いたくなるのを我慢するのが大変だ。
「財布を見せろ！」

「財布なら、あそこに……」
　先輩が振り向いて木の幹を指さす。
「はぁ？　なんであんなところにあるんだよ」
　男性は怪訝そうな顔を先輩へ向け、大股でこちらへと近づいてきた。
　目が吊り上がり、大股で歩いて相当怒っている様子だ。
　１日の売り上げのうち、数十万円も盗られたんじゃたまったもんじゃないだろう。
　男性が財布の中身を確認する中、あたしはポケットにねじ込んだ札束の感触を楽しんでいた。
「どこに隠した!?　忙しい時間を見計らって盗みに来やがって！」
　男性が先輩に掴みかかる。
「なんのことですか？」
「しらばっくれるな！　お前、専門学校の生徒だろう！」
「そうですけど……」
　先輩はさすがに怯えたような表情を浮かべる。
　先輩が誰かに助けを求めるように視線を泳がせ、あたしを見つけた。
　でもおそらくは、まだ中学時代の後輩だと気がついていないだろう。
　今にも泣きそうな顔をこちらへ向けるばかりだった。
　あたしはそんな先輩を見ながらも、動かなかった。
　あたしが日記に書いたのは、先輩がお金を盗み、あたしにそれがまわってくるようになるところまでだった。

復讐は果たされ、体は自由に動く。
　しかし、２人の様子を最後まで見届けてやろうと思ったのだ。
「店についてこい、お前がやったことは監視カメラに映ってるんだ！」
　男性が先輩を強引に引っ張っていく。
　だけど、先輩も言いなりにはならなかった。
「やめてください！　離して!!」
　まるで痴漢にでも遭っているかのような叫び声。
「黙れ！　お前のせいだろうが！」
　男性は負けじと叫ぶ。
　先輩はむやみやたらに暴れ、買い物袋から絵具が飛び出してきた。
　河川敷に散らばる絵具を、男性が踏みつけて赤い中身がぶちまかれた。
　その瞬間、強い吐き気を感じた。
　突き上げる不快感に口の中に苦みが走る。
　口を押さえてうずくまってもこらえることができず、その場に吐いてしまった。
　ぜぇぜぇと呼吸を繰り返し、目には涙が浮かんできた。
　突然のことに自分自身でも理解がついていかなかった。
　あたしはいったいどうしたんだろう。
　どうしてこんなに苦しいんだろう。
　先輩が、このあとどうなるのか見ようと思っただけなのに……。

専門学校にいられなくなるとか、そんな楽しいことが起こるかもしれないのに……。
　木に寄りかかりながらヨロヨロと立ち上がった時、２人はすでにいなかったのだった。

# 第3章

## 震え

 とにかく花音に連絡がしたい。
 家に戻ったあたしはそう思い、花音に電話をした。
 体が震えてスマホを持つ手もおぼつかない。
 そんな中、耳元で鳴り続けるコール音。
 学校はすでに終わっているはずだ。
 花音は電話に出られる時間だ。
 でも、コール音は鳴りやまない。
 あたしは右手親指の爪をきつく噛んだ。
「なんで出ないの……」
 呟く声が震えている。
 こうしている間にも胃がキリキリと痛んで、また吐いてしまいそうだ。
 やがてコール音は途絶え、『ただ今電話に出られません』というアナウンスが聞こえてきた。
 花音は今、忙しいのかもしれない。
 放課後に用事があって出かけているとか……。
 そう考えながらも、あたしの指は再び花音へと電話をかけていた。
 何度も呼び出し音が鳴る。
 いくら待っても出てくれない。
 次第に焦り始めて、自分の呼吸が荒くなっていく。
 そして聞こえてくるアナウンスの声。

あたしは「なんで!?」と叫んで、スマホをベッドへ投げつける。

スマホはマットの上で軽くバウンドし、ひっくり返ってしまった。

部屋の中をイライラしながら歩きまわり、花音からの連絡を待つ。

大好きな本を開いてみても、動画を眺めてみてもまったく身に入らない。

部屋の中にある鏡を見ると疲れきった自分の姿が映るので、鏡を裏返しにして置いた。

そうして時間を潰してみても、花音からの返事は一切なかった。


翌日、あたしはなんの夢も見ずに目が覚めていた。

今日は出勤日だ。

しっかりしないと。

そう思うのに体は重くて、なかなかベッドから起き上がることができない。

アラームを停止してからゆうに10分は経過している。そろそろ起きないと本気で遅刻してしまう。

気ばかりが焦って、体はまったくいうことを聞いてくれない。

それからさらに時間をかけて、ようやくベッドに腰をかけた。

毎日楽しく働いていたはずのバイト先へ行くのが、今は

とても気だるい。
　できれば休んでしまいたい。
　そんな気持ちに襲われている。
「彩愛、起きてるの？」
　1階から母親のそんな声が聞こえきて、あたしは「起きてるよ」と、返事をした。
　しかし、その声は自分でも驚くほどに小さかった。
　大きな声を出すことすらしんどい状態らしい。
　あたしはそのままベッドに横倒しになった。
　目を閉じると、永遠の闇の中に引きずり込まれてしまいそうな感覚がある。
　モタモタしている間に階段を上がってくる足音が聞こえてきた。
「入るわよ？」
　あたしからの返事が聞こえなかった母親が部屋に入ってきた。
「どうしたの？　体調でも悪い？」
　そして、ベッドのはしに座る母親。
「うん……少し」
　そう答えると、母親は手のひらをあたしの額にそっと置いてきた。
　水仕事をしていたのか、ヒヤリとした手が心地いい。
「熱はないみたいね？　でも、念のために休みなさい。連絡はしておくからね」
　母親はそう言うと、バイト先へ連絡を入れるためにそそ

くさと部屋を出ていった。
　なんの説明もなしに休ませてくれるなんて、やっぱり心配してくれていたからだろう。
　その足音を聞きながら、涙が滲んでくるのがわかった。
　親に心配をかけないように始めたバイトだったのに、こんなふうに休んでしまうのが情けなかった。
　でも、今日は甘えて1日ゆっくりしよう。
　明日になればきっと元気になるから……。
　そう思ってそのままベッドへ横になると、あたしはすぐに深い眠りに落ちていったのだった。

　あたしが次に目を覚ましましたのは昼前だった。
　母親もすでに出かけたのか、家の中はとても静かだ。
　朝ご飯も食べずに眠っていたから、さすがに空腹を感じていた。
　ノロノロと起き出してキッチンへ向かうと、テーブルの上にオムライスが用意されていた。
　あたしはそれを電子レンジに入れて、温めのスイッチを押す。
　オムライスが温まるのを待ちながらテレビをつけ、スマホを確認した。
　花音からの連絡はまだない。
　メッセージの返事もない。
　それを確認しただけで、心がズッシリと重たくなるのを感じた。

バイト先の店長と吉野さんからは、あたしの体調を気づかうメールが送られてきていた。
　それを見たら少しだけ心が穏やかになった。
　あたしの居場所はまだある。
　あたしを必要としてくれる人は、まだいる。
　スマホを握りしめて自分自身にそう言い聞かせ、深呼吸を繰り返す。
　そうしていると、ようやく気分が落ちつき、いつもの自分を取り戻してきた。
　それからオムライスを半分ほど食べて、もう一度眠ろうと自室へ戻った時だった。
　復讐日記が視界に入った。
　今日はなんて書いたんだっけ？
　思い出そうとしても、なかなか思い出すことができない。
　どれだけ些細なことでも無理やり記憶から引っ張り出して、復讐日記に書いていたからだ。
　他人から見れば、どうでもいいようなことばかりで埋め尽くされているかもしれない。
　あたしは右手を復讐日記へと伸ばした。
　いつもの感触が指先に触れた瞬間、体が強く震えた。
　まるで部屋の中の温度が氷点下まで下がってしまったかのような寒さに、歯が噛み合わなくなり、カチカチと音が鳴る。
　復讐日記に伸ばした手は嘘のようにブルブルと震えていて、それを手にすることができない。

「どうして……?」
　あたしは手を引っ込め、自分の体を抱きしめた。
　どうしてこんなに震えるのだろう。
　これじゃまるで、復讐日記を怖がっているみたいじゃないか。
　そんなこと、あり得ないのに!!
　あたしは逃げるようにベッドへと戻り、頭まで布団をかぶったのだった。

## 花音の家へ

 翌日の夕方、バイトが終わったあたしは花音の家の前まで来ていた。
 ずっと連絡を待っているだけじゃいられなくて、思わず来てしまった。
 玄関の前に立ち、家の中の様子を確認する。
 人の気配もないし、人の声も聞こえてこない。
 学校が終わる時間を見計らってきたのだけれど、まだ早かったのかもしれない。
 一応チャイムを鳴らしてみたけれど、やはり返事はなかった。
 それでもここで帰る気にはなれず、あたしは玄関の前でしばらく待ってみることにした。
 ここにいれば、嫌でも花音に会うことができるはずだったから。
 外で待つのは寒くて冷たくて、とても辛いことだったけれど、20分ほど経過した時に見覚えのあるポニーテールの女の子が歩いてくるのが見えた。
 瞬間的に、あたしの顔が笑顔になる。
 向こうもあたしの姿を見つけて一瞬足を止めた。
 そのまま立ち止まり、花音は戸惑ったように視線を漂わせている。
 ずっと連絡をしてこなかったから、気にしているのかも

しれない。
　そう思ったあたしは自分から花音に歩み寄った。
「花音お帰り。待ってたんだよ」
　そう言って笑顔を向けると、花音も笑顔を返してくれた。
　けれど、それはとてもぎこちないものだった。
「どうして、来たの？」
　花音の質問にあたしは首をかしげた。
「だって、友達じゃん。連絡もないし、心配になってさ」
「……ずっと、外で待ってたの？」
　花音は、あたしの指先を見て聞いてきた。
　気がつかなかったけれど、指先は寒さで赤くなっている。
　シモヤケになってしまうかもしれない。
「そうだよ」
　そう返事をすると、花音は呆れたようにため息を吐き出した。
「入って」
　そして花音は、あたしを家の中へと招き入れてくれたのだった。

　花音の部屋は相変わらず趣味がよく、掃除が行き届いたきれいな部屋だった。
　最近、片づけが億劫になってきたあたしとは大違いだ。
「どうして連絡くれなかったの？」
　ようやく体が温まったころ、あたしは花音に尋ねた。
「最近忙しいの」

花音はそっけなく返す。
　まるであたしとは会話したくないような様子に、あたしは首をかしげた。
「学校で何かあった？　辛いこと？　なんでも言って？　あたし、花音の親友なんだから！」
　心の底から心配で言った言葉なのに、花音の表情は晴れないままだった。
　学校内でよほど辛いことでもあったんだろうか。
「辛いことなんて何もないから、大丈夫だよ」
「本当に？　だけど花音、いつもと違うよ？」
　そう聞くと、花音は一瞬あたしのことを鼻で笑ったように見えた。
　気のせいかもしれないけれど。
「いつもと違うのは彩愛のほうだよ？　前よりももっと疲れた顔してる」
「あぁ……ちょっとね。でも大丈夫だよ、花音に会ったら元気になった」
　本当は絵の具を見て吐いてしまったことなども話したかったけれど、花音に会えた瞬間、どうでもよくなってしまった。
「あの日記はまだつけてるの？」
「もちろんだよ！　今日も持ってきたの」
　あたしは花音に復讐日記を見せた。
　前に花音の家で書いたところまでで、止まっている。
　誰に何をするか、ということが今は考えられない状態

だった。
　だからこそ、どうすればいいか花音に聞こうと思って持ってきたのだ。
「ちょっと、見せて」
「うん」
　花音は復讐日記を物珍し気に見つめる。
「これ、本物だったんだよね」
「そうだよ？　どうしたの今さら？」
「ううん、ちょっと聞いてみただけ」
　花音がそう答えた時、急にトイレに行きたくなってしまった。
　寒空の下でずっと花音のことを待っていたから、体が冷えたのだろう。
「ごめん、ちょっとトイレ」
　あたしは、花音の部屋を出たのだった。

　トイレから戻ると花音は寝転んでマンガを読んでいた。
　いつもの様子の花音にホッとする。
「何してるの？」
　入り口で突っ立っているあたしを見て、花音は怪訝そうに尋ねてきた。
「なんでもない。花音の顔が見られたから元気になった、ありがとう」
　何気なく言ったつもりが、花音は驚いたように目を丸くしてあたしを見た。

その様子を横目で確認しながら、あたしは上着を着た。
　花音は最近忙しいと言っていたし、長居しないほうがいいかもしれない。
「帰るの？」
　あたしは頷いた。
「うん。元気になれたからもう大丈夫だと思う」
「そっか……」
　何か言いたそうな表情を浮かべた花音だったけれど、すぐに口を閉じてマンガをテーブルに置いた。
　そのテーブルの上に置いてあったはずの復讐日記が見当たらなくて、あたしはキョロキョロと周囲を見まわした。
「日記なら彩愛のカバンに戻しておいたよ」
「え？」
「見ていたくなかったから」
　花音はそこまで言うと、あたしから視線を逸らした。
「そっか……」
　本当は次の復讐について話がしたかったけれど、今の花音は聞いてくれそうにない。
「あのさ、花音」
「何？」
「何かあったら、本当に言ってね？　あたしが一番辛かった時、一緒にいてくれたのは花音だから。あたしは花音の力になりたい」
　あたしの言葉に花音は視線をテーブルへと落とした。
「わかった」

小さな声で答える花音に、あたしはパッと笑顔になった。
　今日は、それだけ聞けたら十分だ。
　簡単に他人に愚痴れるようなことなら、花音はここまで思い悩んでもいないだろうし。
「じゃあ、あたし帰るね」
　あたしは明るい気分で言う。
「うん。玄関まで送ってく」
　花音は、あたしを見送ってくれたのだった。

## 行方不明

　それから数日間、日記に書き込んだ内容が実行され続ける中、あたしは花音に連絡をし続けていた。
　けれど、送ったメッセージの返事はなく、何度電話をしても通じることはなかった。
　あの日、部屋に入れてくれたのを最後に、また音信不通になってしまったのだ。
　何度か家まで行ってみたけれど、花音に会えることはなかった。
「どうして……」
　バイトの休憩時間、あたしはなんの反応もないスマホを見てため息をついた。
「どうしたの？　大丈夫？」
　吉野さんが声をかけてくれても、あたしは笑顔を見せることができなかった。
　高校を中退してから連絡を取り合っている同級生は花音１人だけだ。
　その花音と連絡が途絶えてしまえば、あたしの人生は一気に閉鎖的なものになってしまう。
　そして何より心配だった。
　あたしのことを怒って無視しているのなら、いつか許してもらえるかもしれない。
　けれど、もし花音に何かあって連絡ができないのだとし

たら？
　そう思うと不安で押しつぶされそうになった。
「友達と連絡が取れないんです」
　あたしは思いきって吉野さんへ相談してみた。
「高校の友達？」
「はい」
「勉強が忙しいんじゃないの？」
　吉野さんの言葉に、あたしは左右に首を振った。
　そんな話は花音から聞いていない。
「もうすぐ期末試験じゃないかな？」
　次に放たれた言葉に、あたしは休憩室にあるカレンダーへ視線をやった。
　そうなのかもしれない。
　高校を中退してから行事予定なんてスッカリ忘れてしまったけれど、冬休みの前には試験がある。
「そうかもしれません」
「きっとそうだよ。それで連絡ができないだけだよ」
　吉野さんにそう言ってもらえると、一気に心が軽くなっていく。
　本当はどうなのかわからないけど、その言葉にすがりついてしまう。
「そうですよね」
「うん。私の知り合いの子供さんも、休み期間中の宿題とか大変だって言ってたし」
　宿題という単語に、ひどく懐かしさを感じた。

知らない知識を無理やり詰め込んでいたころのことを思い出す。
　好きな授業も嫌いな授業も、拒否することもできずに受けていたあのころ。
　試験もイベントも全部学校の予定どおりで、生徒はそれに従うだけ。
　それはそれで大変だった。
　だけど、今になってわかる。
　そうやって勉強などを根気強く教えてもらえることは幸せなことなのだ。
　社会に出てから何度も同じ質問を繰り返していると、仕事にならない。
　仕事にならなければ解雇され、不必要とされる。
　それが、今のあたしには痛いほどよく理解できた。
「ありがとうございます。ちょっと安心しました」
　あたしはホッとしてほほ笑んだのだった。

　この日はミスをしないように細心の注意をしていたので、レジの誤差を出さずに済んだ。
　だんだんと調子を取り戻してきたあたしを見て、吉野さんも安心してくれた様子だ。
　その日の帰り道、偶然にも智子とバッタリ出くわしてしまった。
　一瞬気まずい気分だったけど、すぐに笑顔を作る。
　智子は携帯電話会社の制服を着て、手にはティッシュを

持っている。
「智子、こんなところで何してるの?」
　声をかけると、智子はチラリとあたしを見ただけで視線を逸らした。
　まぁ、返事がなくても智子が何をしているのかは一目瞭然だけど。
　接客業に向かない智子でも、ティッシュ配りくらいはできるのだろう。
「学校ってテスト期間だよね?　忙しいでしょ?」
　続けて聞くと、今度は鋭い視線で睨まれてしまった。
「あんたに関係ないじゃん」
　冷たい声。
　バイト中にあんな失態を演じてしまったことを、きっと気にしているのだろう。
「家、大丈夫なの?」
　あたしは智子の苛立ちに気がつかないフリをして、わざとそんな質問を続けた。
「大丈夫だったらこんなことしてない」
　智子の声に力が籠った。
　今にも怒り出しそうなのを、必死で我慢しているのがわかる。
　ところ構わず怒っていたころを思うと、智子も少しは成長したのかもしれない。
「そうだよね、ごめん」
　あたしは肩をすくめる。

たしか、テスト期間中はアルバイトが禁止になる学校が多いはずだ。
　それでもこうしてバイトをしているということは、家の状況はかなり厳しいのだろう。
　あたしの想像どおり、服屋での出来事が影響しているのかもしれない。
　だから智子は我慢することを覚えたのかも。
　そう思うとおかしくて心の中で笑い声を上げた。
「あんたも、大丈夫なの？」
　不意に聞かれて、あたしは「え？」と首をかしげた。
「すごく疲れた顔してる」
　智子の言葉に、あたしは自分の頬に手を当てた。
「嘘でしょ？」
「嘘じゃないよ。なんか別人みたいになってるじゃん」
　思ってもみない言葉に胸がズシリと重たくなった。
　鏡で自分の姿を確認して愕然としたあの日から、なるべく明るい表情を作るように心がけていた。
　それでも、あまり変化がなかったようだ。
　智子から見ても、今のあたしは疲れた顔をしているのだから。
「あたしは智子よりもずっと幸せだから平気」
　あたしは吐き捨てるように言うと、大股で歩き出したのだった。

　イライラする。

智子への復讐は成功したはずなのに、どうしてこんなにイライラするんだろう。
　そうだ。
　そろそろ日記の続きを書かなきゃいけない。
　復讐日記の空白のページはまだ半分ほど残っている。
　そこを埋めなければならない。
　日記を書くくらいどうってことないはずなのに、書かなきゃいけないと思うと、なぜだかあたしの胃はキリキリと痛んだ。
　その痛みに気がつかないフリをして家に帰ってきたあたしは、そのまま自室へと向かい、重たい荷物を置いた。
　見えないようにしていた鏡の前に立ち、自分の姿を確認する。
　たしかに今の自分は、学生たちよりもずっと老けているように見える。
　あたしは鏡を反転させ、また自分の姿が映らないようにした。
　やっぱり、長く見ていたくなかった。
「日記、日記」
　わざとらしく大きな声で言い、鼻歌を歌う。
　今度はまた剛たちの名前を書く番だ。
　そう思うと心が躍る。
　けれど、同時に車に撥ねられた剛の両親を思い出し、胃がギュッと締めつけられた。
　もう終わったことだと自分に言い聞かせて、その光景を

無理やり頭の中から弾き出した。
　少し気分を変えたほうがいいのかもしれない。
　そう思いながら引き出しを開けたけど……。
　そこに、日記はなかったのだ。
「あれ？」
　あたしは、瞬きを繰り返した。
　高校時代に使っていたノートや教科書の間に挟まっていないか確認していく。
　でも、どこにも復讐日記はない。
　徐々に焦り始め、日記を探す手の動きが荒くなっていく。
「なんで!?」
　そして、引き出しの中のものを床へとどんどん落としていく。
　これじゃない。
　これでもない。
　これも違う！
　気がつけば引き出しの中は空になっていた。
　しゃがみ込んでその奥を覗き込んでみても、何も残っていない。
「なんでないの!?」
　叫び声を上げ、今度は本棚を確認していく。
　こんな場所に置いた覚えはないけれど、自分の勘違いかもしれない。
　そう思い、本を投げ出していく。
　ない。

ない。
ない。
ない!!
　本棚をすべて空にしたあたしは部屋の中を見まわした。
　床に投げ出されたものたちをかき分けて探す。
　背中に冷や汗が流れていき、呼吸が浅くなってゆく。
　あの日記は人の人生を、命を左右する日記だ。
　そんな大切なものをなくすなんて……!!
「なんで？　なんでないの!?」
　クローゼットの服をすべて出して探してもない。
　ベッドの下を覗き込んでもない。
　サーッと血の気が引いていくのを感じる。
　足元が揺れた気がして、あたしはベッドに座り込んだ。
　深呼吸をして気持ちを落ちつかせる。
　大丈夫。きっとどこかにあるはず。
　引き出しの中。
　本棚。
　クローゼット。
　ベッドの下。
　他に探していない場所がきっとあるはずだ。
　落ちつけ、落ちつけ。
　あたし、最後に復讐日記を見たの、いつだっけ……？
　その瞬間、思い出した。
　あたしが最後に復讐日記を見たのは、花音の家に持っていった時だった。

花音が復讐日記について聞いてきたから、あたしは持っていった日記をテーブルに出した。
　そのあとに寒さのせいかトイレに行きたくなって……それからあの日記をどうしたんだっけ？
　復讐日記をカバンに入れた記憶がない。
　そうだ、トイレから戻ってきた時に花音が『日記なら彩愛のカバンに戻しておいたよ』と言ってくれたのだ。
　だから、そのまま復讐日記の話も終わった。
　けれど、カバンから日記を出した記憶がない。
　すぐにあたしはカバンを確認してみたけれど、中身は空だった。
　考えられることはただ１つ……。
「まさか、花音の家……？」
　ベッドの上に投げ出していたスマホに飛びついた。
　花音、電話に出て！
　そう願いながらコールする。
　しかし、電話はすぐに機械音へと繋がってしまう。
「この電話番号は電源が切れているか、電波の届かない場所にいるため……」
「花音、電話に出て！」
　何度も何度もかけ直す。
　だけど花音は電話に出ない。
　あたしは奥歯を噛みしめて花音にメッセージを送った。
【花音、あたしの復讐日記を持ってない!?】
【お願い返事をして！】

【続きを書かなきゃ、あたしに全部戻ってくるんだよ!?】
【花音!?】
　気がつけば外はすっかり暗くなっていた。
　花音からの返事はない。
　あたしは呆然として座り込んだまま、動けずにいた。
　花音が復讐日記を持っているとしか思えない。
　復讐日記の続きを書かないとどうなるか、花音だってわかっているはずなのに！
「……あたし、どこまで書いたんだっけ？」
　これまでのことを思い返す。
　たしかあの時に２週間後まで書いた気がするけれど、記入してから１週間以上経過している。
　先に記入していた復讐は、きっともうすぐ終わってしまうはず。
　そのあと日記を書かずにいれば……あたしの両親は、事故で死ぬ。
　あの日記のことだから、きっとそのとおりのことが起こるだろう。
　一瞬にして、剛の両親が死んだ時の光景が蘇ってきた。
　撥ね上げられた体に、目の前に落下してきた頭部。
　自分の両親があれと同じようになるのだと思うと、ゾクリと背筋が寒くなった。
　何がなんでも花音から復讐日記を返してもらわなきゃいけない。
　あたしは立ち上がり、出かける準備を始めたのだった。

## 好きな人

　こんな時間に家へ行っても、花音は出てきてくれないかもしれない。
　それでも、あたしは行く必要があった。
「ちょっと、こんな時間にどこへ行くの!?」
　玄関のドアに手をかけたところで、後ろから母親が声をかけてきた。
　エプロン姿で険しい表情を浮かべている。
「……花音のところ」
　嘘は言っていない。
　けれど、あたしの声はボソボソと暗く消えてしまいそうだった。
　母親の言葉を無視して出かけてしまえばいいのに、どうしても罪悪感がつきまとう。
「こんな時間に行く必要があるの？」
　そう言って、あたしの腕を掴む母親。
「どうしても、花音に聞かなきゃいけないことがあるの」
　じゃないと、あなたたちは死ぬ。
　そう言いたいのをグッと喉の奥に押し込めた。
「明日にしなさい」
「明日じゃ遅いの!!」
　強く言い返したあたしに、母親は眉間にシワを寄せた。
「それなら電話にしなさい。連絡先知ってるでしょ」

「花音はあたしからの電話に出てくれない。だから行かなきゃ話もできないの」
「電話に出てくれないって……いったい何があったの？」
　母親の表情は一転して、あたしを心配するものへと変化していく。
　まずい。
　余計な心配をかければ、余計に外へ出られなくなる。
「た、大したことじゃないよ。ちょっとケンカして……だから、すぐに謝りに行きたいの」
　あたしは早口でまくしたてる。
「そうだったの……。でも、今日はもう遅いからやっぱり明日にしなさい」
　同じことを繰り返す母親に苛立ちを覚えた。
　こうしている間にも、花音はあの日記を使っているのかもしれないのだ。
　もしかしたら、あたしの名前を書くかも……。
　ううん、もしかしたらじゃない。
　きっとそのつもりなんだろう。
　だからあたしからこっそり日記を奪ったに違いない！
　そう考えた瞬間強烈な不安にかられ、あたしは玄関の外へと駆け出していた。
　後ろから母親の声が追いかけてくるけれど、それを無視して自転車にまたがった。
　外は満天の星で、雲がないためどこまでもよく見える。
　そんな中、あたしは前だけを見て自転車をこいだ。

必死でこいでいたため、コートなんかいらないくらい暑くなる。
　あたしの家から花音の家までは、ほんの数分。
　その距離が永遠のように長く感じられた。
　そして体の芯から温まってきた時、花音の家の前に到着していた。
　自転車を投げ出すように置き、玄関のチャイムを鳴らす。
　家の人が出てくるたった数十秒間が、我慢できないくらいにもどかしい。
「はい」
　出てきたのは花音の父親だった。
　中年太りでぽっちゃりとしたその人は、怪訝そうな顔であたしを見ている。
　あまり会ったことがないから、あたしの顔を覚えていないのだろう。
「すみません、花音の友達の海老名彩愛といいます。花音に用事があるんですけど、会わせてもらえませんか？」
　早口で言うと、父親の表情が少しだけ和らいだ。
「こんな時間に、花音になんの用事ですか？」
　が、簡単には会わせてもらえそうにない雰囲気だ。
　いてもたってもいられなくて飛び出してきたけれど、やっぱり時間がまずかったようだ。
　さすがに、人の家に無理やり上がり込む勇気はなかった。
「この前、家にお邪魔した時に、大切なものを忘れてきてしまったんです」

あたしがそう説明をした時だった。
　階段をおりてくる足音が聞こえてきて、あたしは視線を向けた。
「花音！」
　偶然階段からおりてきた花音に、すがりつくように声をかけた。
「彩愛？」
　花音が驚いたように目を丸くしている。
「友達が忘れ物を取りに来たらしいぞ」
　花音の父親はそれだけ言うと、そのままリビングへと戻っていった。その瞬間、花音の表情は険しさを増す。
「こんな時間に何を考えてるの？」
　階段をおりきった花音がそう聞いてきた。
「あたし、復讐日記を忘れて帰ったの！」
「そんなの知らないよ。帰って」
　花音の言葉にあたしは目を見開いた。
「花音はあたしに嘘をついたんだよね？　復讐日記はカバンに入れたって言ってたけど、入ってなかった！　なんでそんな嘘をつくの？　あれを最後までちゃんと書かないとどうなるか、知ってるよね!?」
　思わず声が大きくなりそうで、あたしは必死に声を殺して言った。
「日記なんてあたしの家にはないよ」
「嘘!?」
「彩愛は日記をあちこちに持って歩いてたから、どこかに

忘れてきたんじゃない？」
　花音がそう言いながら、うっすらと笑った。
　その笑顔には何か裏があるように感じられて、心がざわつく。
「そんなはずない！　花音の部屋にあるはずだよ！」
「知らないってば。もう帰って」
　そして花音は、あたしを玄関から追い出したのだった。
「花音、お願い！　日記を返して!!」
　さらに叫ぶあたしの耳に、玄関の鍵がかかる音が聞こえてきたのだった。

　花音は絶対に復讐日記を持っている。
　自転車を押して家へと帰りながら、あたしはそう確信していた。
　花音の家に行った日から、花音は再び電話にもメッセージにも返事をしなくなった。
「……もしかして、復讐日記を手に入れたから……？」
　ふとそう考えて立ち止まった。
　ずっと音信不通だった花音は、あの日あたしを家に上げてくれた。
　そしてすぐに、復讐日記についていろいろ質問してきたはずだった。
　あたしには日記を使うなと言いながら、本当は花音自身があの日記を欲しいと思っていたに違いない！
　日記を手に入れた花音にとってみれば、あたしはすでに

用なしだ。
　だから、また音信不通になったと考えれば辻褄が合う。
　あたしは下唇をきつく噛みしめた。
　あたしが書いていた日記はもうすぐ終わる。
　そうなれば……。
　一瞬、両親が事故死する映像が脳裏を走った。
　２人分の頭があたしの足元へゴロリと転がってくる。
「どうしても、花音から日記を取り返さなきゃ……」
　あたしは、そう呟いたのだった。

　それから数日間、あたしは毎日花音の家に通った。
　バイトの前と、バイトが終わってからの二度。
　しかし花音は毎回あたしを追い払った。
　あまりしつこいと警察に通報すると言われ、大声を出すこともできない。
　もしかして本当に自分の勘違いだろうかと思い、日記を持って移動した場所をすべて探してまわったりもした。
　でも、やっぱり日記はどこにもない。
　自分の部屋を探し直してみたけれど、見つからない。
　やはり、あれは花音が持っているに違いなかった。
　今でも小さな復讐たちが続いているけど、それを目撃するために時間を取られてしまうことすら、もどかしい。
　最初は憎い相手が目の前で不幸になることが楽しくて仕方なかったけれど、今ではどうでもいいことになっていた。
「花音お願い！　日記を返して！」

今日もまた、花音の家の前まで来てそう言った。
　しかし花音は、あたしへ冷たい視線を向けるだけだ。
「ねぇ、あたしたち親友でしょ？」
　あたしの言葉に、花音は薄ら笑いを浮かべながら首をかしげた。
「彩愛の書いた日記、昨日で終わってたよ」
　不意に言われ、心臓が停止してしまうかと思った。
「え……？」
「ほら、見て」
　そして突き出されたのは、紛れもなく復讐日記だったのだ。
「これ……！」
　とっさに手を伸ばすが、花音に奪われてしまった。
「やっぱりここにあったんだ！」
「そうだよ。でも安心して、続きはあたしが書いておいてあげたから」
　花音は笑いながら、次のページをめくってみせた。
　それは今日の日付で、花音の字で書かれた日記だった。
【海老名彩愛が通り魔に腕を刺される】
　その短い文字に頭の中は真っ白になっていた。
「な……んで……？」
　呼吸すら上手にできなくなって、今にも倒れてしまいそうだ。
　恐れていた事態の１つが、現実となって目の前にある。
　花音は、あたしをターゲットにしてこの日記を使ったの

だ!!
「ん～?　あんた、うっとうしいから」
　花音の言葉が何重にもなって響き渡る。
『あんた、うっとうしいから』
　信じられず、あたしは冷たいコンクリートに膝をついてしまった。
「うっとう……しい……?」
　花音の口からそんな言葉が出てくるなんて、思ってもいなかった。
　それはあたしをイジメていた連中が口にしていた言葉と、まったく同じものだった。
　心の中がどんどん凍てついていくのを感じる。
　さらに、復讐を終えたはずの嫌な思い出たちが、一斉に蘇ってくる。
　あたしは自分の体を両手で抱きしめて花音を見た。
　復讐が終わってすべて忘れたはずなのに、あたしの中にはまだ記憶が残っている。
　その事実に寒気を感じた。
「あ、でも1つだけ感謝してることがあるよ」
　花音が思い出したように口を開く。
「……感謝?」
　あたしはどうにか聞き返した。
「あたしと、宏哉を近づけてくれたこと」
　耳元でささやかれた言葉に、あたしは花音を見つめた。
「それ、どういう意味……?」

「最初は彩愛のことを手伝うつもりで宏哉の様子を見てた。でもね……好きになっちゃった」
　そう言いながら花音は笑ったのだ。
　花音が、宏哉を好きになった？
「何それ、意味がわかんないよ」
　自分の声がひどく震えている。
「あたし、宏哉の悲しむ顔なんて見たくない」
　花音はあたしから体を離しながら言った。
「花音そんなの冗談でしょ？」
「本気だよ」
　花音は冷たい表情であたしを見おろす。
「剛への復讐は宏哉を悲しませる。だからもう、あんたの復讐はおしまい」
「それなら……どうしてあたしのことをそこに書いたの!? 復讐を終わらせるだけなら、別に書く必要なんかなかったよね？　花音言ってたじゃん、いいことに使えばいいんだって！」
　叫ぶように聞くと、花音はおかしそうに笑い始めた。
「わからない？　この日記は復讐日記なんだよ？　あたしがあんたの名前を書いたのは、宏哉が受けたことへの復讐のため」
　花音がニヤリと笑った。
　あたしは強いめまいを感じて、その場に倒れてしまいそうになる。
　花音があたしへ復讐？

とても信じられることじゃなかった。
「なんで!?　あたしたちは親友だよね！」
「もちろん親友だよ。あんたが復讐さえやめていればね」
　花音は、あたしを睨みつけてきた。
「あたしがいくら忠告しても、あんたは復讐をやめなかった。だからね……あたしたちの関係も、おしまいだよ」
　花音の声が幾重にもなって響き渡る。
「花音……嘘だよね？　冗談だよね!?」
　それでも花音にすがりつきたいのは、親友だからなのか、復讐日記を持っているからなのか、自分でもわからなくなってくる。
　ただひたすら気分が悪くて、冷や汗が流れている。
「彩愛、そろそろ時間じゃない？」
「え？」
　花音に聞き返した時だった。
　あたしの足が、勝手に動き出したのだ。
　これが復讐日記の効果であることは、すぐにわかった。
　でも……。
「なんで!?　どのタイミングで実行されるかなんて、わからないはずなのに！」
「これね、時間指定もできるみたいなんだよね」
　後ろから花音の声も聞こえてきた。
　時間指定……!?
「あんたは自分から通り魔に刺されに行くってこと」
　花音の楽しそうな笑い声が響き渡ったのだった。

## 通り魔

「やめて！　お願い、やめて！」
　引きずられる自分の体を必死で止めようとするけど、ビクともしない。
「へぇ、日記に書くとこんな感じなんだ」
　後ろからついてくる花音が感心したようにそう言った。
「花音お願い……日記を書き直して！」
「う〜ん……。いいけど、今さら書き直しても遅いと思うよ？　日記、家に置いてきちゃったしね」
　花音は楽しげに言う。
　日記を書いた花音はあたしについてくるから、あたしが止まらない限りは日記を書き直すことができない。
　そんなの……!!
「でも、いい日記だよね。書く人間が変わってもその効力は変わらないんだもん。日記を使いたくなったら、持ち主から奪えばいい」
「やだ……」
　体がガクガクと震え出す。
　いつ、どこから、誰に攻撃されるかわからない恐怖が全身を包み込んでいた。
「ねぇ彩愛。たとえばさぁ、あたしが日記を書くのをやめたら、どうなるのかな？」
「え……？」

「復讐日記の持ち主である彩愛に全部降りかかってくるのかな？」
「何……言ってるの!?」
　もしも今後、花音から日記を奪うことができなかったら。
　そして、花音が日記を書くのをやめたら……？
「実験してみちゃおうかなぁ？」
　花音のそんな声が聞こえてきた時、前方から黒いフードを被った大柄な男が歩いてくるのが見えた。
　一瞬、ミオリが襲われた時の映像が蘇ってくる。
「いや……っ」
　そう思うのに、あたしの足は止まらない。
　自分から進んで男に近づいていく。
　今ならまだ逃げられる距離なのに、その距離はどんどん縮んでいく。
　後ろには花音もいるはずなのに、フードから見える男の目はジッとあたしを見据えている。
　体が震えて立ち止まりそうになるのに、そんな意思とは関係なく男へ近づいていく。
　全身から汗が吹き出し、呼吸が荒くなっていく。
　足の力が抜けて崩れ落ちてしまいそうなのに、それすら許されない。
　そして次の瞬間……。
　男とすれ違う時、キラリと光る刃物が見えた。
　目を見開き男を見つめる。
　見知らぬ男は、しっかりとあたしに狙いを定めていた。

握りしめられた刃物が空を切る。
　刃物の先があたしの左腕に突き立てられるのを、まるでスローモーションのように見ていた。
　痛みを感じるより先に、男が走って逃げ出した。
　ゆっくりだった時間の流れが急速に戻ってくる。
　目の端で男が逃げる光景を見ながら、あたしはその場に膝をついていた。
　ようやく痛みが訪れたかと思うと、それが脳天へと突き抜けていく。
　痛みなのか熱なのかわからないそれが、体中をグルグルと駆けめぐり、冷や汗がポタポタとコンクリートを濡らしていった。
　刺されたのは腕なのに、全身が熱を帯びたように熱くなっていく。
　呼吸が苦しく、息を吸っているのか吐いているのかわからない。
　頭の中がひどく混乱している。
「あははっ」
　花音の笑い声が聞こえてきて、あたしは振り向いた。
　そこにいたのは今まで一度も見たことのない、醜い笑顔を浮かべた花音だった。
「すごいね、復讐日記って」
　しかも花音は、手を叩いて喜んでいる。
「花音……助けて」
　か細い声で助けを求める、あたし。

傷口から少しずつ血が流れ出している。
　痛みで全身から力が抜けて、1人では立ち上がることもできなかった。
「それが人への頼み方？」
　花音があたしの目の前に立ち、尋ねてきた。
　あたしは驚いて花音を見つめる。
　一瞬、痛みすら忘れてしまいそうになった。
「花音！　あたし、腕を刺されたんだよ!?」
　大きな声を出すと刺された箇所がビリビリと痛んだ。
「知ってるよ。全部見てたんだから」
　途端に、冷たい声で言う花音。
　無表情になりジッとあたしを見おろしている。
　その冷たさに背中がスッと寒くなっていくのを感じた。
　これがあたしの親友……？
　今、復讐日記を持っているのは花音だ。
　逆らえばどうなるかわからない。
　そんな恐怖が湧き上がってくる。
　あたしはグッと唾を飲み込んで、花音へ向けてゆっくりと頭を下げた。
「お願いです。助けてください」
　情けないくらいに声が震えてしまった。
　これが親友へ向けた声だなんて、信じられなかった。
　だけど仕方がない。
　今のままじゃ、自力で立ち上がることすらできないんだから。

「いいよぉ？」
　花音の間延びした声に顔を上げる。
　その時だった。
　花音が突き立てられたナイフを握りしめたのだ。
　少しの振動でも、痛みが増す。
　あたしは歯を食いしばって花音を見上げた。
「何する気……!?」
　花音は答えず、まるで観察するようにあたしの腕を見つめている。
「こんなふうに刺さるんだね」
　花音が楽しげに言う。
　あたしの痛みなんて、花音は少しも感じていない様子だ。
「離して……お願いだからっ!!」
　とっさに抵抗しようとして身をよじる。
　その反動でナイフの刃が皮膚をえぐるように動いた。
　声にならない悲鳴を上げ、うずくまる。
　血がジワリと滲んできて上着まで染み込んでくる。
　温かな血の感触は服の下の腕を伝い、指先まで流れ落ちてきた。
　鮮明な血を目の当たりにすると、一気に血の気が引いていった。
「ほら、ジッとしてないからだよ」
　そう言って笑顔を見せる花音。
　その顔は、人間をイジメて楽しむ悪魔のようだった。
　あたしが学生時代に何度も見てきた、あいつらの顔と同

じなのだ。
　逃げなきゃ!!
　そう思うのに、まだ足に力が入らない。
　立ち上がろうとして体に力を込めると、さらに出血してしまう。
「無理に動かないほうがいいよ？　無駄に血を流したくないでしょう？」
　花音は顔に笑みを張りつかせたまま、ナイフをきつく握り直した。
「やめて、いや……」
「少しだけ、血が出るかもね？」
　花音は笑顔で呟くように言うと、刃物を一気に引き抜いたのだった……。

　足元がふらつき、痛みのせいで意識がもうろうとする。
　ナイフを引き抜いた花音は楽しげな笑い声だけ残し、帰ってしまった。
　コンクリートに投げ出された凶器のナイフを握りしめて、あたしはヨロヨロと歩き出した。
　血は絶え間なく流れ続けシミを残している。
　警察に行かなきゃ。
　そう思う反面、復讐日記の効果であれば犯人なんて見つからないかもしれないと、考える。
　ミオリを襲った犯人だって、いまだに捕まっていない。
　どうにか１人で家に戻ってきたあたしは、浴室に駆け込

みタオルで傷口を塞いでいた。
　丁寧に傷口を洗ってみると思ったよりも浅い傷で、無理に病院へ行く必要もなさそうだった。
　きつく包帯を巻いて、前に病院でもらっていた化膿止めと痛み止めを飲み、ようやく安堵のため息が漏れた。
　痛み止めが効いてくるまで時間はかかるけれど、ひとまずこれで様子を見てみよう。
　まだ起きていたけど寝室にいる両親に、ドアの外から「ただいま」と声をかける。
　今回のことが両親にバレれば、今度こそ外出禁止になってしまうかもしれない。
　そうなれば復讐日記を取り返すこともできなくなってしまうから、絶対にバレてはいけなかった。
　あたしは自室へ戻り、ベッドに横になった。
　落ちついて呼吸を繰り返していると、徐々に痛みも和らいでくるように感じられる。
　でも、花音の豹変した顔を思い出すと今でも全身がガタガタと震えた。
　まさか、花音が宏哉のこと好きになるなんて思ってもいなかった。
　前に花音が言っていた好きな相手とは、宏哉のことだったのだ！
　もっと早くに気がついていれば、宏哉を花音へ譲ることもできたのに！
　あたしはきつく下唇を噛みしめた。

今さら後悔しても、もう遅い。
途中から所有者が変わっても復讐日記は実行された。
これから先、花音が何を書くかが問題だった。
「……調べなきゃ」
あたしは立ち上がった。
ぼんやりと横になっている暇はない。
あの日記を持つと誰でも性格が変わってしまう。
あたし自身、あの日記で何人も殺してきた。
だからきっと花音もそうなってしまうだろう。
今なら、花音があたしを必死に止めていた理由がわかる気がした。
今まで復讐日記について調べたことはなかったけれど、花音に取られてしまった今、あたしには情報が必要だった。
どうにかあの日記を止めることができないか。
それを考える番だった。
剛への復讐がせっかく上手くいっていたのに！
歯がゆい気分になりながら、あたしはスマホを手にしたのだった。


復讐日記で検索した結果、出てきたのはただのブログがほとんどだった。
復讐日記という題名で人の悪口を書くだけの、くだらないブログ。
「こんなのが見たいんじゃない」
あたしは呟きながら次々とサイトを確認していく。

あたしが探しているのは本物の復讐日記だ。
　きっと、どこかに持っている人がいるはずだ。
　そう思うのに、どれだけ探してもまったく見つけることができない。
　もしかして、あの日記は世界に１つだけしか存在していないのかもしれない。
　そう思い始めたころだった。
「そういえば、花音はあの日記を雑貨屋で買ったって言ってたっけ……」
　スマホ画面を見ながら呟く。
　それなら、購入した店を調べてみればいいかもしれない。
　そう思い、近所の雑貨店を調べ始めた。
　雑貨店のサイトでは新商品情報も公開されている。
　それらを１つ１つ確認していく作業はかなり時間がかかった。
　けれど、腕をケガしてしまって明日のバイトもどうせ休むしかないのだ。
　あたしは時間がある限り、復讐日記について調べることにした。

「……ない」
　そして数時間後、あたしはスマホをテーブルに置いて弱々しい声を上げる。
　このあたりの雑貨屋のサイトをすべて調べてみたけれど、復讐日記については何も書かれていなかった。

もしかしたら、近所の雑貨屋じゃないのかもしれない。
そうなれば店舗数が増えて、とても探せる状態じゃなくなってしまう。
花音に直接聞いたって、きっと教えてもらえない。
どうすればいいんだろう……。
頭を抱えそうになった、その時だった。
視界の端にスマホ画面が見えた。
雑貨店のサイトが表示されていて、同系統のお店のリンクが貼られている。
どれもこれも確認したお店ばかりだったけれど、念のため目を通すと、その中に１店舗だけ、見た記憶のないお店のリンクを見つけたのだ。
「このお店って……」
さっそくサイトを確認する。
それは花音が通う高校の近くにある、小さな雑貨店のサイトだった。
あたしも何度か行ったことがあるけれど、小さな店舗のため品揃えが悪く、あまり楽しいとは言えないお店だった。
そんな記憶があるから、無意識のうちに他の雑貨店ばかりを調べていた。
「まさかね……」
そう思うけど、学校から一番近い雑貨店だ。
学生である花音が行く可能性は高い。
そう思ってあたしは新商品一覧を調べ始めたけれど、やっぱり復讐日記は存在しなかった。

小さな店舗だから、商品を確認する作業にもほとんど時間がかからないくらいだ。
「やっぱりないか……」
　あのお店にあるわけないよね。
　売ってたら、きっとあたしでも気がついただろうし。
　それなのに、どうしてだかあの雑貨店が引っかかる。
　小さくて、薄暗い店舗。
　埃っぽくて、昭和の文房具屋を思い出させる雰囲気。
　普通の雑貨屋とは違い、学生の出入りも少なかったのを思い出す。
「……どうしてこんなに気になるんだろう」
　あたしは、スマホを閉じた。
　気になるのなら明日行ってみてもいいかもしれない。

## 雑貨店

　翌日、まだ痛む腕の傷を我慢しながら、あたしは１人で家を出た。
　同級生たちと鉢合わせするのが嫌で、試験時間中を選んで雑貨店へと向かった。
　数回訪れただけの雑貨店なのに、古びた看板を見るだけで懐かしさを感じた。
　お店の前には100円均一の自動販売機と、錆びた赤いベンチ。
　店内へ足を踏み入れると、小さなカウンターにところ狭しと文房具が置かれている。
「はい、いらっしゃい」
　出迎えてくれたのはここの奥さんで、50代後半くらいの人だった。
　ふっくらとした見た目で笑った顔がかわいらしい。
「こんにちは。あの、日記帳を探しに来たんです」
　あたしは軽くお辞儀をして言った。
「日記帳なら、こっちにあるよ」
　案内されたのは、店の奥にある棚だった。
　棚にズラリと並んだ日記帳や交換日記。
　この中にあるかもしれないと思うと、心臓がドクンッと大きく跳ねた。
「ありがとうございます」

あたしは奥さんにお礼を言うと、日記帳を手に取った。
　普通のノートと同じサイズのものから、手のひらに収まるくらいの小さなものまでたくさん扱っている。
「日記帳だけでこんなにたくさんあるんですね」
「あぁ。この近所にある高校の課題で日記の提出があるらしいからね」
「そうなんですか？」
　それは初耳だった。
「高校３年生になったら、毎年みんな日記帳を買っていくんだよ。日記をつけることで目標を達成しやすくなるとか言ってたよ」
「へぇ……」
　それで日記だけこんなに数があるんだ。
「あの、他の日記はないですか？」
　棚をザッと確認したあたしはそう言った。
　残念ながら、この中に復讐日記はなかった。
「他の日記？　そこにあるのじゃダメなの？」
「こういう普通の日記じゃなくて……その……」
　だけど復讐日記なんて言っても、きっと信じてもらえないだろう。
　あたしは途中から口ごもってしまった。
「あんた、もしかして特別な日記を探しに来たの？」
　不意に低い声で聞かれて、あたしは奥さんを見た。
　すると奥さんはさっきまでの笑顔を消し、真剣な表情をしている。

何か知っているのかもしれない！
「そうです。こういう日記じゃなくて……書いたことが現実になるような、そんな夢みたいな日記です」
「特別な日記なら今日入荷したばかりの日記が１冊あるよ」
　奥さんは、大きめの段ボール箱を取り出した。
　思わずゴクリと唾を飲み込む。
　やっぱりこのお店だったんだ。
　花音はここで買ったんだ！
　奥さんへ近づくと、自然と表情が緩んだ。
「ほら、これ」
　ところが、その言葉とともに段ボールから取り出されたのは……『幸せ日記』。
　そう書かれた日記帳に、あたしの笑顔は一瞬にして消えてしまった。
「これだろ？　あんたの欲しかったものは」
　奥さんの言葉に、あたしは左右に首を振った。
「違う……これじゃない」
　思わず声が震えてしまった。
　期待が大きかった分、落胆と怒りが胸を支配する。
「本当に？　ここに書かれた幸せな出来事は、全部現実になっていくんだよ？」
「そんなのいらない！」
　あたしは思わず叫んでいた。
　剛が幸せになるなんて、そんなこと許さない！
　一瞬にして、剛への怒りが蘇ってきていた。

あたしは、あいつを殺したいんだ。
　だからこそ復讐日記を使った。
　花音の言葉に耳を貸さなかったのだって、すべてそれが原因だったじゃないか。
「あたしが欲しいのは復讐日記だよ！　ないの!?」
　絶叫するように言うと、奥さんは眉を寄せて「それはこの前、買っていかれたから品切れだよ」と、言った。
　でも、納得できるわけがない。
「なんで!?」
「こういう特別な日記はそんなにたくさん作られない。数冊しか存在しないんだよ。この店にいるものがないなら、さっさと帰って」
　冷たい声で言われて、あたしは下唇を噛みしめた。
「それなら、もう一度復讐日記が入荷されたら教えてください」
　あたしは、奥さんに自分の電話番号と名前を書いたメモを渡して店を出たのだった。

　あの店に、たしかに復讐日記はあったんだ。
　そう思うと歯がゆくて地面を蹴りつけた。
　あの日記がもう１冊あれば、花音を止めることができたかもしれないのに！
「何が幸せ日記だよ」
　そう吐き捨てて大股で歩く。
　傷の痛みなんて忘れるくらいにイライラしていた。

念のため他の雑貨屋も確認してみたけれど、やっぱり復讐日記は置かれていなかった。
　店員さんに聞いてみても、怪訝そうな顔をされて終わってしまった。
　他の雑貨屋では、復讐日記の存在すら認知されていないみたいだ。
　どこに行ってもない。
　だけど、復讐日記を取り扱う雑貨店の奥さんは『数冊しか存在しない』と言っていた。
　それなら世界のどこかに残りの復讐日記が存在しているはずだった。
　そう考えたあたしはファミレスに入り、スマホを取り出した。
【復讐日記】、【所有者】で検索をかける。
　他の復讐日記が日本にあるとは限らない。
　でも、もしかしたら……。
　そんな淡い期待を抱いて調べ始めた。
　その時だった。
　宏哉からのメッセージが入り、調べものはすぐに中断されてしまった。
　軽く舌打ちをしてメッセージを確認する。
【家がようやく落ちついてきたよ。次の休みに遊びに行こう】
　のん気なメッセージに余計にイライラしてきてしまう。
　今は忙しい時なのに、そんな連絡いらない。

最近ずっと連絡していなかったのに、まだ付き合っている気でいるのだろうか？
　だとしたら本当におめでたい性格をしている。
　宏哉のことなんてどうでもいい！
　本当なら、昨日から再びお前に不幸が降りかかるはずだったのに！
　全部花音のせいだ。
　あたしの復讐計画はすべて台無しだ。
　あたしはメッセージを無視して、調べものを再開させたのだった。

　それから２時間ほど調べものをしていたけれど、結局有力な情報を得ることはできなかった。
　日本にある復讐日記は、今花音が持っている１冊だけなのかもしれない。
　落胆してため息をつきながらファミレスを出ると、小雨が降り始めていた。
　早く帰らないといけないと思いながらも、なかなか足は進まない。
　もしかしたらこれも復讐日記の影響かもしれないと思うと、周囲の人間たちがみんな怪しく感じられてしまう。
　花音は今日の日記にもあたしの名前を書いているかもしれないのだから、無理やりにでも日記を奪ってくればよかった。
　そう思っても、もう遅い。

あたしはゆっくりと歩き出した。
雨はどんどん大粒になり、あたしの視界を遮り始める。
気分は本当に最悪だった。
見えにくくなる視界の中、ふと見覚えのある人物に視線を奪われた。
ミオリだ。
葬儀の時に俯いていた姿を思い出す。
頰の傷はもうよくなってきたようで、そこには小さな絆創膏が貼られているだけだった。
それを見て舌打ちをする。
あたしも、ミオリに対してもっと過激なことを書くべきだったんだ。
簡単に傷口が塞がるようじゃ、なんの楽しみもない。
ミオリは右手にビニール傘を持ち、左手に買い物袋を持って歩いている。
その袋に書かれている店名に目を奪われた。
それは間違いなく、あの雑貨店の買い物袋だったのだ。
ミオリはいったい何を購入したのだろうか。
それほど膨らんでいない買い物袋。
声をかけてみようか？
そう思うけど、できなかった。
今日はニット帽をかぶっていたからだ。
もしもミオリがあの日のことを思い出して、通り魔と関連づけられたら困る。
あたしは顔を伏せてミオリの横を通りすぎた。

そのまま真っ直ぐ歩き、再びあの雑貨屋へと向かうことにした。
　なんだか妙な胸騒ぎがする。
　ミオリが買っていったものが、やけに気になる。
　雨はどんどん強くなり、雑貨屋に到着するころにはずぶ濡れの状態になっていた。
「こんにちは」
　店の入り口を開けて声をかけると、奥さんが驚いたように目を丸くした。
「あら、また来たの？」
　奥さんがずぶ濡れのあたしを見て、タオルを差し出してくれた。
　あたしはそれを受け取り、ズボンのしずくをぬぐった。
　店内を汚してしまわない程度に水気を拭き取り、足を踏み入れる。
　暖かさに包まれて、ようやく自分の体が冷えているのだと気がついた。
「あの、さっき女の子が買い物にきましたよね？」
　あたしはタオルを奥さんに返しながら尋ねた。
「来たわよ。あなたがいらないって言った幸せ日記を買っていったの」
　幸せ日記！
　嫌な予感は的中した。
　ミオリはあの日記を購入したのだ！
「どうしたの？　やっぱり欲しくなった？」

そう聞いてくる奥さんに、あたしは左右に首を振った。
「……別に、いいです」
　あたしはそう言ったあと奥歯を嚙みしめた。
　ミオリの手に渡るくらいなら、あたしがあの時に買っていればよかったんだ！
　思えば、幸せ日記に剛の名前を書かなければいいだけの話だ。
　自分が幸せになるように書けばよかったのに！
　復讐日記のことばかりに気を取られて、そんな単純なことに気がつけなかったのだ。
「そんなに欲しかったの？　でもダメよ。あの日記も特別なものだから、そう簡単には手に入れられない」
「わかってます」
　あたしは強い口調で返事をすると、さらに強さを増した雨の中へと戻っていったのだった。

## 別れ

　あまりの強い雨に、あたしは途中でコンビニへ立ち寄っていた。
　ずぶ濡れになってしまったあたしを見て、店員たちが怪訝そうな顔を向けている。
　その視線にチッと軽く舌打ちをしながら、あたしは傘を買った。
　今さらだけど、ないよりはマシだ。
　小雨になってきたのを確認してコンビニを出ようとした時だった。
　よく見知った顔が店内に入ってきて、あたしは思わず足を止めた。
　相手もあたしに気がつき、その場に立ち止まった。
「彩愛、びしょ濡れだね」
　そう言って笑ったのは花音だった。
　今、一番会いたくない相手。
　無視して通りすぎようと思った時、花音がカバンから復讐日記を取り出した。
　それを見たら通りすぎることもできず、あたしは花音の隣で足を止めた。
「今日はなんて書いたの？」
「安心して？　今日は彩愛のことは書いてない」
　すると、花音は今日のページを見せてきた。

そこに書かれてあったのは、【先生が答案用紙を机の上に出しっぱなしにする】というものだった。
　その内容に目を丸くして花音を見る。
「こんなことに復讐日記を使ってるの!?」
　思わず声が大きくなってしまう。
「今日のテストは数学だったんだけど、自信がなかったんだよね」
　花音は笑う。
「この日記のおかげで赤点は免れそうでよかったよ」
　こんなくだらないことに復讐日記を使うなんて、どうかしている！
「花音、今すぐあたしに復讐日記を返して」
「なんで？」
「せっかくの日記を、そんなことに使うなんてもったいなさすぎる！」
　花音は反論するかと思いきや、アッサリとした態度で
「まぁ、あたしが書きたいことは書いたから、返してあげてもいいけどさ」と、言った。
「他には何を書いたの？」
「これだよ」
　花音はページをめくって見せてきた。
　そこには明日の日付が記入されている。
【彩愛と宏哉が別れる】
　その文章に目がいった。
「あたしは２人が別れてくれればそれで満足」

花音はニヤニヤとした笑みを浮かべてそう言った。
　せっかく宏哉と近づくために頑張ったけれど、それが無駄になってしまう。
　少しだけ悔しさを感じたが、もともと宏哉のことなんて好きじゃないし、悲しい気持ちにはならなかった。
「次のページからはまだ何も書いてないよ。書く？」
　花音に言われて、あたしは大きく頷いた。
「当たり前でしょ。その日記は、もともとあたしのものなんだから」
　強気でそう言ったけれど、花音はおかしそうな笑い声を上げた。
「何を言ってるの？　これはもともとあたしが買ったんだよ？　忘れた？」
　花音の言葉に、グッと押し黙ってしまった。
　花音の言うとおりなので、言い返すことができない。
　しかも、この日記は希少品だ。
　花音が手に入れてくれていなければ、あたしが使うこともなかっただろう。
「書きたいなら、書いていいよ。だけど、残り10ページを全部あたしの目の前で書くこと。あたしがダメって言ったことは書き直すこと」
　復讐日記を片手に持ち、花音は命令口調で話し始める。
　完全に主導権を握っているつもりになっている花音に苛立ちを覚える。
　けれど、ここで怒ってしまったら台無しだ。

あたしは怒りを押し込めて、「わかった」と返事をしたのだった。

　それからあたしたちは花音の家へと移動してきていた。
　すっかり冷えきった体のあたしに、花音は温かなココアを出してくれた。
　あたしの知っている優しい花音だ。
　復讐日記をあたしから奪い、あたしが襲われるように書いたなんて信じられなくなってきてしまう。
　花音は好きな人のためならなんでもしてしまうタイプなのかもしれない。
「宏哉については何も書かない。それでいい？」
　ペンを持って花音へ聞くと、「とにかく書いて」と言われてしまった。
　剛とミオリのことを書いていても、途中で止められるかもしれないということだ。
　あたしは明後日の日付で、【ミオリが学校内でイジメのターゲットになる】と記入した。
　花音は隣から確認しているけど、何も言わない。
　宏哉とは直接関係のないことだからかもしれない。
　次のページには、【剛がミオリからお金を奪う】と記入した。
「剛がミオリからお金を奪うっていうのはさ、宏哉にはバレないようにしてね。兄弟が泥棒なんてショックを受けたらかわいそうだから」

花音に指摘されて、あたしはペンを止めた。
「どうやるの?」
「簡単だよ、それをそのまま日記に書けばいいだけ」
　あたしは一瞬戸惑った。
　本当に書くだけでどうにでもなるんだろうか?
　今までずっとあたしが使っていた日記なのに、あたしは復讐ばかりに夢中になり、日記のことを何も知らなかったのかもしれない。
　不信感を抱きながらも、あたしは言われたとおりに日記に書き込んだ。
　やがて、復讐日記を手にした時と同じように、あたしは止まらなくなっていた。
　次から次へとアイデアが浮かんでくる。
　あいつらにしたいこと、味わわせたいことが、山のようにある。
　あまり復讐にのめり込むと、見えているものまで見えなくなる。
　その恐怖はあるものの、止まらなかった。

「それほど相手を苦しめたいなんて、やっぱり彩愛はどうかしてるよ」
　最後まで書ききった時、花音が呆れたような様子で言ってきた。
「まだまだ足りないくらいだよ」
　あたしの言葉に、花音は軽く肩をすくめる。

「まぁ、あたしには彩愛の傷はわからないもんね。これで満足するなら、それでいっか」
　復讐日記の最後のほうには、【剛とミオリの２人が誘拐されて暴行を受ける】と記入した。
　続けて【そのころ宏哉は花音と２人で旅行に出かけていて、何も知らずに幸せな時間を過ごすように】と記入する。
　あとから事実を知ることになるが、それでも宏哉の傷は最小限で済むように毎回配慮して書くことができた。
　あとは剛とミオリの２人がどんなふうに苦しむのか、今から楽しみにしていればいいだけだった。
「この日記はあたしが預かっておくから」
　花音はあたしから日記帳を取り上げると、鍵のついた引き出しに復讐日記をしまい込んだ。
「消したり、書き加えたりしないでよ？」
「そんなことしないよ」
　花音は笑って答えたのだった。

## 電話

　花音の家から出た時、あれだけ降っていた雨は、すっかりやんでいた。
　太陽の光が街を包み込み、寒さが和らいでいる。
　まるであたしの心をそのまま反映しているかのような天気に、少しだけ笑顔になれた。
　復讐日記に書かれることへの恐怖もなくなり、復讐も実行される。
　途中まずい展開にはなったけれど、結果的にあたしがやりたかったことができるのだ。
　もうすぐ、すべてが終わる……。


　翌日、雨に濡れたあたしは見事に風邪をひいてしまっていた。
　仕方なくバイトを休み、大人しくベッドに寝転んでいる。
　熱が高く、何かを考えようとしても頭が働かない。
　時々母親が様子を見に来てくれる以外、何もない１日になってしまった。
　けれど、そんな日の夕方ごろだった。
　どうにか晩ご飯を食べて薬を飲んだ時、宏哉から電話がかかってきたのだ。
　あたしは復讐日記に書かれていた内容を思い出した。
【彩愛と宏哉が別れる】

花音が書いたことだ。
　きっと、別れの電話だろう。
　それなら電話じゃなくてもメッセージを送ってくれればいい。
　いちいち電話に出るのも面倒くさいし。
　そう思っていたのだが、あまりにもしつこく着信が続くので仕方なく電話に出ることになってしまった。
　きっと、電話をしている宏哉の近くに花音がいることだろう。
　復讐が実行されるのを見て、どれだけうれしがっているか安易に想像がついた。
「もしもし？」
『彩愛？　どうした？　風邪ひいてるのか？』
　宏哉の声に頭が痛くなる。
「そうだよ。何？」
『風邪をひいてるなら、なんで俺に言わないんだよ』
　不服そうな声。
　あたしは小さくため息をついた。
　宏哉のことなんて好きじゃない。
　だから風邪をひいても連絡しなかった。
　そう言ってほしいのだろうか？
「寝てたんだもん」
『でも、メールくらいできるだろ？』
「メールだって、できたらしてるから……」
　くだらないやりとりのせいか本当に頭が痛くなってき

て、あたしはこめかみを押さえた。
　カップルの痴話ゲンカなんてやってられない。
　早く寝たい。
　宏哉が文句を言えば言うほど、花音は喜ぶだろう。
『彩愛ってそういうところあるよな』
　今度はちょっと拗ねたような声になった。
　あぁ、本当に面倒くさい。
　花音は、こんな男のどこを好きになったんだろう？
「そう？」
『そうだよ！　連絡も俺からばっかりしてるし、大事なことも言わないし！』
　なんて女々しい男なんだろう！
　宏哉の声に苛立ちと体調不良が加速していく。
　あたしにとって一番大事なことは、子供を堕胎することになった原因である、お前の兄貴への復讐だ。
　そう言ってやりたい気分になったけど、グッと我慢した。
　そんなことを言って花音の耳に入れば、何をされるかわからない。
　あたしが宏哉を傷つけることはできなかった。
「宏哉、今日はなんの用事で電話してきたの？」
　もう聞いているのも面倒になり、あたしは尋ねる。
　すると、電話の向こうは沈黙に包まれた。
　別れを切り出すかどうか思案しているのかもしれない。
「宏哉？」
　あたしは急かすように名前を呼んだ。

『ごめん彩愛。俺たち別れよう』
　今までになく緊張した声で、宏哉は言った。
　その言葉を聞いた瞬間、胸の重荷がスッと消えたような気がした。
　ようやく言った。
「そっか」
『そっかって……他に何かないのかよ』
　宏哉の声が少しだけ震えている。
　引き止めてほしかったのかもしれない。
　でも、あたしがそんなことをするはずがなかった。
　もう宏哉の何もかもが面倒だ。
「ごめん。用事がそれだけなら、もう切っていい？　熱があるの」
『……そうかよ。わかった、じゃあな』
　宏哉は怒った口調で言い、電話を切ったのだった。

　夢を見ていた。
　宏哉と出会ったころの夢だった。
　花音に頼んで友達として紹介してもらった。
　あの時は宏哉を落とす必要があったから、あたしはめいっぱいオシャレをしていたんだ。
　最初は花音を入れて３人で、だんだん２人で会う回数を増やしていって、何度目かのデートの時に告白をされた。
　宏哉は人に告白することが初めての経験だったようで、顔を真っ赤にしてしどろもどろになりながら告白をしてく

れた。
『あの、よかったら俺と付き合わない……？』
　あたしから視線を逸らし、右手で頭をかきながらとても小さな声で言われた。
　今思い出しても、こっちが恥ずかしくなるような幼い告白だった。
　もちろん、これは計画どおりのことだった。
　あたしは宏哉からの告白を受け、剛との関係を黙ったまま付き合い始めた。
　いつか必ず復讐してやる。
　そう、誓って……。
　それなのに、夢の場面が切り替わった時、あたしは笑顔だった。
　次は宏哉と一緒にクレープ店へ行った時のことで、クリームのボリュームが多すぎて、２人して大笑いしてしまったことを思い出した。
　宏哉は女の子みたいにクレープの写真を何枚も撮影して、ＳＮＳに投稿した。
　こんなにお腹がいっぱいになるクレープが出てくるとは思っていなかったあたしたちは、結局すべてを食べきることができなかった。
『お腹パンパンだよ』
　あたしが満足げな声を上げると、宏哉は笑って『口にクリームついてる』と指先で取ってくれた。
　これは演技だ。

全部が演技で、あたしの気持ちは宏哉に向いてなんかいない。
　あたしはこれまでどおり、自分に何度もそう言い聞かせていた……。
　言い聞かせなきゃいけなかった。
　宏哉なんか好きじゃないと、何度も何度も自分に暗示をかける必要があった。
　だって本当は、あたしは……。

　ハッと息をのんで目を覚ました。
　外はまだ暗く、朝日は昇っていない。
　熱は下がり体はずいぶんと楽になっていた。
　それなのに……頰に冷たい水が流れている気がして指で触れてみた。
「涙？」
　指先でぬぐって、あたしは呟いた。
　どうしてあたしが泣く必要があるんだろう。
　今日からまた復讐日記の内容が再開されるのに、何が悲しいのだろう。
　自分自身に混乱し、涙を強くぬぐった。
　宏哉との出来事を夢に見たのも、今日が初めてだった。
　それで泣いて目覚めるなんて、まるであたしが宏哉のことを好きだったとでも言っているようだ。
「まさか、そんなのあり得ない」
　そう自分に言い聞かせると、ベッドをおりた。

熱が下がった時に汗をかいていて、体が気持ち悪い。
バイトも再開しなきゃいけないし、のんびり寝ている時間はなかった。
湯船にぬるめのお湯を溜めて、じっくりと温まる。
左腕の傷は相変わらずひどかったけれど、徐々に塞がり始めていて、痛み止めを飲む回数も減っていた。
しっかりと治るころには、すべての復讐が終わっているかもしれない。
すべて順調だ。
心配することは何もない。
宏哉のことだって、昨日別れたから少し気になっているだけだろう。
思い悩むようなことじゃない。
「そうだよ、全部順調なんだから」
自分で呟きながら、ホッとした。
しかしその瞬間、湯船の中に泡が立ったのが見えた。
それは小さな泡だったのに、徐々に大きく膨れていく。
ボコボコとまるで沸騰したお湯のように湧き上がる泡。
「何……？」
次の瞬間、一際大きな泡が２つ浮かんできた。
ボコンッと音を立てる泡。
泡だと思ったそれは剛の両親の顔をしていて、首から下がない。
真っ赤に染まった顔がこちらへ向き、ニタリと笑顔を見せた。

「久しぶりねぇ、彩愛ちゃん」
 剛の母親が話し始める。
「な……んで……?」
 2人は死んだはずだ。
 事故に遭って、あたしの目の前で……!
「剛の子供ができたんだって? 信じられないなぁ」
 剛の父親がそう言い、あたしの腹部に視線を落とす。
 あたしはとっさに自分の体を隠していた。
「そうよねぇあなた。剛がそんなことするなんて思えないわ。本当に剛の子なの?」
 恐怖で歯がカチカチと鳴り始める。
 反論しなきゃいけないのに、何も言えないまま2人を見つめていた。
「君のことは信用できないなぁ。なぁ? 母さん」
「そうよねぇ。なんていっても、あたしたちを殺した子なんだから」
 次の瞬間、2人の大きな笑い声がよく浴室内に響き渡っていた。
 あたしは必死で耳を塞いで目をつむるが、2人の笑い声は脳内に響き渡る。
「やめて……!」
「何を嫌がっているの? 全部あなたがしたことでしょう?」
「そうだぞ。君が私たちを殺したんだ」
「ほら、目を開けてよく見てごらん」

その言葉に抗うことができず、あたしの目はゆっくりと開いていく。
　見たくない。
　見たくない、見たくない、見たくない!!
「ほぉら……」
　目の前に、脳味噌がはみ出た２人の死に顔があった。
　潰れた頭部から血が絶え間なくあふれ出し、それが浴槽を真っ赤に染めていく。
「いや……いやぁ!!」
　浴槽から出ようとしても、体が固まってしまったかのように動けなかった。
　あっという間に赤く染まった浴槽内に、２人の脳味噌や臓器がプカプカと浮かんでいる。
　事故を起こした時にバラバラになった手足も出現し、浴槽内はギュウギュウになってしまった。
　恐怖で声を失うあたしに、２人は再び笑い始めた。
「よかったねぇ、君のやりたかったとおりになって」
「ぜぇんぶ、あなたがやったことだもんねぇ？」
　その時、ハッと目が覚めた。
　いつの間にか湯船の中で眠ってしまっていたようだ。
　周囲を見まわすけど、剛の両親の姿はどこにもない。
　お湯はすっかり冷たくなっていて、あたしはブルッと身震いをした。
「最低な夢」
　そして、すぐにお風呂を出た。

体を拭いて服を着ている間にも、さっきの夢が蘇ってきて吐き気が込み上げてきた。
今日の夢はどこか変だ。
今までだって復讐で起こった出来事を思い出すことはあった。
でも、今日のは何かが違う。
家の中には家族以外に誰もいない。
それなのに、誰かに見られている気がして落ちつかなかった。
スマホを握りしめて誰かに連絡しようとしてみるけれど、学校を辞めてから連絡を取り合っていたのは花音１人だけだと気がついた。
宏哉との関係も切れてしまっているため、心細さを伝える相手がいない。
しばらく思案したあと、あたしは諦めてスマホを置いた。
あたしには、ちゃんとした相談相手が誰１人としていないのだ。
そのことに気がつき、愕然としてしまう。
バイト先の人たちはみんな優しいけれど、学校とは違い一緒に遊ぶような関係じゃない。
年も離れすぎている。
「なんで……」
思わず声に出して呟いていた。
「なんで、こんなことに……」
あたしはこんなに孤独なんかじゃなかったはずだ。

高校を辞めてからも、自分なりに頑張ってきたはずだったのに……。
　頑張っていた……復讐の計画を。
　そこまで考えて、頭の中は真っ白になった。
　今まで花音としてきた会話を思い出す。
　そのほとんどが剛への復讐のことばかりだった。
　花音の学校生活や、あたしのバイト先での出来事などはあまり話していない。
　あたしは今さら気がついた。
　そんなの……友達とは言えないのだと。

第4章

## 実行されない

「体調はもう大丈夫?」
　そう心配してくれる吉野さんに、あたしは笑みを返した。
　笑みを返したつもりだったけれど、実際はほとんど笑えていなかったようで、少し顔の筋肉が動いただけだった。
　誰に何を言われても、言われていることの意味が頭に入ってこない。
　お客さんに質問をされてもよくわからないから、つねに誰かに助けてもらった。
　こんなんじゃ、働いているとは言えない。
「また誤差だね……」
　吉野さんの言葉に、バイトが終わる時間に差しかかっていることに気がついた。
　いつの間にか最後のレジ点検を取っている。
「最近、誤差が多いんじゃないかな?」
　吉野さんに言われて、あたしはレジの画面を見つめた。
　そこには今日の誤差が表示されている。
　1000円ほど違っているのがわかった。
　これは誰の誤差なの?
　1000円なんて、あたしは出したことがないよ。
「ねぇ、海老名さん聞いてる?」
　強い口調で吉野さんに言われ、あたしはようやく自分のミスだと気がついた。

「あ……ごめんなさい」
　か細い声で謝る。
「数十円とかならまだ店長も許してたけど、さすがに今回は無理だよ？」
「……はい」
　吉野さんの言っていることはもっともだった。
　アルバイトのミスをかぶるのは全部店側なのだから、放っておくわけにはいかなくなる。
　この日、あたしは初めて店長室へと呼ばれたのだった。

　休憩室へと戻った時、すでに誰の姿もなかった。
　暗い部屋の中で1人着替えをして、フラリと外へ出て家への道を歩き始めた。
　しっかりしなきゃと思えば思うほど、気がついてしまった孤独が重たくのしかかってきて邪魔をする。
　高校を辞めてからのあたしは復讐しかなかった。
　復讐することで前を向くことができていた。
　その間にも世界はまわり、どんどん前進していたというのに。
　1人だけ置き去りにされていた気分になり、自転車をこぐ足がついに止まってしまった。
　早く帰らないと夜になってしまう。
　だけど、あたしには早く帰らないといけない理由なんてなかった。
　バイトという唯一の存在で世間と繋がっている、あたし

の世界。
　けれどその根本でさえ、復讐という2文字によって支えられていた。
　剛よりも少しでもマシな人間になりたくて始めたことだった。
「結局、あたしは剛を引きずってるんだ」
　自転車を押して歩きながら、そう呟いた。
　剛のことは嫌いで嫌いで仕方がない。
　けれど、嫌うことが自分自身の足かせとなっているんだ。
　花音ともっと別の話をすればよかった。
　花音の好きなタイプとか、好きな番組とか、そういうごく普通のことをあたしは何も知らないままだ。
　気がつけば、涙で視界が滲んでいた。
「花音……」
　あたしはスマホを取り出す。
　今、ものすごく花音と話がしたい。
　少しでもいいから声が聞きたい。
　そう思い、自転車を脇に止めて電話を鳴らした。
　けれど何度も鳴らしても花音は出なかった。
　用事があって忙しいのかもしれない。
　そう思う半面、あたしたちの関係はもう終わってしまったのだと思い、さらに涙が滲んできた。
　花音……。
　あたしはその場にうずくまり、声を押し殺して泣いたのだった。

最低な気分のまま、翌日の朝が来ていた。
　ぼんやりと部屋の天井を見上げていると、ふと違和感に気がついた。
　昨日の日付で、ミオリがイジメのターゲットになったはずだ。
　けれど、あたしはその場面を見ていない。
　ハッとしてベッドから飛び起きた。
　昨日はいろいろなことがあったから、すっかり忘れてしまっていた。
　だけど、何があっても復讐日記に書かれたことはあたしの目の前で起こるはずだ。
　今までもずっとそうだった。
　それが、なんで!?
　寒気がして、どんどんと体温が奪われていく感覚がした。
　少し考えただけで簡単に答えに行きついた。
　花音だ……!
　復讐日記は今、花音が持っている。
　書いたことが実行されないということは、花音が何かしたに違いない!
　あたしは花音の顔を思い出して奥歯を嚙みしめた。
　きっと花音は、あたしからの電話には出ないだろう。
　部屋の中をグルグルと歩いて考える。
　メッセージを送っても返事がくるとは思えない。
　それなら、直接会いに行くしか方法はなかった。
　門前払いをされるかもしれなくても、このまま放ってお

くことはできない。
　あたしは手早く着替えをして、家を出たのだった。


　今日は朝から雪が降っていた。
　普段はあまり雪が積もる地域ではないのに、道路にはうっすらと雪が積もり始めていた。
　あたしは早足で花音の家へと向かった。
　今日も学校があるだろうから、花音が家を出る前に到着しないといけない。
　薄く積もった雪を思いきり踏みつけると、すぐに溶けて消えていく。
　自分の足跡だけが残る道を前へ前へと進んでいく。
　たとえばこの雪があたしの怨みで、こんなふうに誰かに踏まれることで消えていくのなら。
　あたしは今ごろもっと変化していたかもしれない。
　花音との関係も、きっとこんな風じゃなかっただろう。
　だけど、あたしに降り積もった怨みという名の雪は消えることがなかった。
　それどころか日がたつにつれて、どんどん厚さを増していってしまったんだ。
　もう、自分１人の力ではどうしようもないところまで来てしまった。
　怨みを消すよりも、怨みに埋もれて生きていたほうが楽だと感じられるほどに。
「花音！」

家から出てきた花音を大きな声で呼び止めた。
花音が驚いた顔で立ち止まり、あたしを見つめる。
「彩愛……」
花音はいつもの笑顔を見せてくれない。
それは、あたしたちが友達ではなくなったという証拠だった。
あたしは、泣きそうになる気持ちを胸の奥のほうへと押し込めた。
もう、あと戻りはできない。
今ここで口を開けば、花音との関係はすべて崩壊してしまうだろう。
それでも……あたしには、もうそれしかなかった。
「復讐日記を見せて」
あたしの言葉に花音が目を見開いた。
次の瞬間、険しい表情に変わる。
「どうして？」
「復讐が実行されなかったの。花音が何かしたとしか思えない」
口を開くたびに胸がズキズキと痛んだ。
自分が花音を傷つけていると、嫌というほど理解できていた。
「あたしは何もしてない」
険しい口調で否定する花音。
できたらその言葉を信じたい。
だけど、今のあたしには無理だった。

「信用できない」
　すぐに言葉を返すと、花音の表情が歪んだ。
　とても悲しそうな顔。
「……彩愛は変わっちゃったね」
　やみかけていた雪が２人の間に線を引くように降り始めた。
　音もなく降る雪が２人の体温を奪っていく。
「あたしはあたしだよ。変わってない」
「友達だと思ってたのに」
　花音の言葉が突き刺さる。
　友人関係は過去形にされ、見えないカーテンが引かれた。
「復讐日記を見せて」
「……わかった」
　花音は諦めたように頷き、家へと引き返したのだった。


　復讐日記は、花音の部屋の中にある鍵のかかった引き出しに大切にしまわれていた。
「あの日から開けてないよ」
　花音がそう言いながら復讐日記を手渡してくる。
　あたしはそれを奪うようにして確認した。
「嘘……どうして……？」
　だけど、復讐日記には消されたり、書き加えられたりした形跡はどこにもなかった。
　花音の言うとおり、あたしが最後に書いたままの状態になっている。

「なんで!?」
　あたしは愕然として復讐日記を見つめた。
「だから言ったでしょ、何もしてないって」
　花音が強い口調で言う。
　自分が疑われたことを怒っている様子だ。
　けれど、謝る余裕なんてなかった。
「でも昨日、復讐は実行されなかった！　そんなのおかしいでしょ!?」
　思わず声を荒げていた。
　花音に怒鳴っても、どうしようもないのに。
「あたしに言われてもわからないよ」
「だって——！」
「学校へ行く時間だから」
　花音はそれだけ言うと、復讐日記を引き出しへ戻してしまったのだった。

## 消えた店

　おかしい。絶対におかしい。
　犬にまで効果のあった日記が突然効果をなくすとも思えなかった。
　何かがあったに違いない。
　あたしは1人でファミレスへ来ていた。
　今日もバイトが入っていたけれど、もう行くどころではなかった。
　昨日あれだけミスをして、今日無断欠勤をすればどうなるか。
　あたしだって理解している。
　それでも、世間との唯一の繋がりであるアルバイトよりも、復讐日記のほうが大切だった。
　スマホを取り出し復讐日記について検索をかける。
　ズラリと出てくる無駄な情報を読み飛ばしながら確認していく。
　これじゃない。
　これも違う。
　これも全然違う！
　探しても探しても、本物の復讐日記について書かれている記事はどこにもない。
　焦りから喉はすぐにカラカラに乾燥してしまう。
　何度も水を飲み、汗の滲む指先で調べていく。

「なんで何も出てこないの……！」
　ギリッと歯を食いしばりスマホを握りしめた。
　どんなことでもいい、あの日記に何が起こっているのかを知りたい！
　誰か教えて……！！
　そう思った時だった。
　脳裏に雑貨店の光景が浮かんできた。
　そこにいた50代の奥さんの姿を思い出す。
「そうだ、あそこに行けばいいんだ！」
　もともと売っていた場所なら何かわかるかもしれない。
　あたしは、転げるようにしてファミレスをあとにしたのだった。

　学校の目の前にある雑貨屋へとやってきたあたしは、その場に立ち尽くしていた。
　数日前までたしかにここにあった雑貨屋が、今は跡形もなく消えているのだ。
　店の前にあった100円自動販売機も、塗装が剝げた赤いベンチも、たしかに記憶しているのに何もない。
　雪が降り積もった空地だけが、白く存在しているだけだった。
「嘘でしょ……」
　立ち尽くしたまま、あたしは呟いた。
　こんなはずない。
　いくら寂れた雑貨店とはいえ、そんな簡単になくなるな

んて……！
　雑貨屋が潰れるという緊急事態に頭の中は真っ白だ。
　こんなことになるなら、あの店をもっと頻繁に利用しておくべきだった！
　奥さんと仲良くなって、連絡先を交換しておけばよかったんだ！
　次々と出てくる後悔に頭を抱える。
「何してるの？」
　後方から声をかけられて振り向くと、１人の男子高生が怪訝そうな顔をして立っていた。
「……別に、なんでもない」
　今は誰かと会話をする気分じゃなかった。
　そう答えて歩き出す。
「ここ、雑貨屋があったんだよな」
　その言葉にあたしは立ち止まり、振り向いた。
「５年前くらいまでは。でも火災で全焼したんだ」
「なに言ってるの？　雑貨屋はつい最近まであったでしょ」
「そっか。君って見える人なんだ」
　男子高生の意味不明な言葉にあたしは眉を寄せた。
「意味がわかんない」
「ここに棒立ちになってたから、もしかしてって思って声をかけたんだ」
　男子高生はどこかうれしそうな顔で言う。
「ねぇ、本当に意味がわからないんだけど？」
「ここの雑貨屋は見える人にしか見えないんだよ」

「はぁ?」
　あたしは空地へと視線を移した。
　その瞬間、息をのんだ。
　さっきは気がつかなかったけれど、この空き地はずいぶんと雑草が枯れている。
　つい数日前までここに建物があったなら、ここまで雑草が生えることも枯れることもないはずだ。
　建物があったはずの場所も、同じように雑草まみれだ。
「でも、もう君も見えなくなったんだね。雑貨屋を必要としなくなったからか、雑貨屋から弾き出されたか、どっちかだ」
　男子高生は、あたしを見た。
「どういう意味?」
「この雑貨屋は必要な人にだけ見える不思議な雑貨屋なんだよ。見えないってことは、もう必要ないってこと」
「そんなことない!」
　思わず大きな声が出てしまった。
　もう必要ないなんてそんなことはない。
　今こそ、あたしにはあの雑貨屋が必要なんだから!
「じゃあ、君は雑貨屋に嫌われて弾き出されたほうだね」
「嫌われた……?」
「そうだよ。残念だったね」
「どうして?　あたし嫌われるようなことなんて何もしてない!!」
「君自身はそう思っていても、相手はそうじゃないかもし

れないだろ？」
　男子高生は困ったような顔になりながら言った。
「ここは不思議な雑貨屋だからさ、君の本性を見抜いたんじゃないかな？」
「あたしの……本性……？」
　あたしが呟いた時、学校のチャイムが鳴り始めた。
　男子高生は何も言わずにあたしへ背中を向ける。
「ちょっと待って！」
　あたしの呼び止めも聞かず、男子高生は校門をくぐって行ってしまったのだった。
　残されたあたしは呆然とその場に立ち尽くした。
　あたしの本性に気がついた……。
「でも、復讐日記を使う人間の本性なんて、みんな同じじゃん」
　空き地を見つめてあたしは呟く。
『いいことに使えばいいのに』
　花音の言葉が蘇ってくる。
「花音だって、結局同じだった！　あたしだけじゃない！　みんな、同じなはずなのに……!!」
　なのに……どうして……。


　存在していたはずの雑貨屋が消えていた。
　そんなことあり得ない！
　そう思いながらも男子生徒の言葉が気になったあたしは、家に戻って雑貨屋について調べていた。

前に調べた雑貨店のリンク集から飛べばいい。
　そう、思ったのに……。
「ない」
　スマホ画面を食い入るように見つめて、あ然とする。
　ここに張られていたはずのリンクがないのだ。
　どこを探しても見当たらない。
　雑貨屋の薄汚れた看板を思い出し、店名を打ち込もうとするけれど指が途中で止まってしまった。
　たしかにこの目で看板を見たはずなのに、店名をまったく思い出すことができないのだ。
　背中に冷や汗が流れていく。
　なんで思い出せないの!?
　あの奥さんの顔も、店内の様子もしっかりと覚えているのに！
　店名を打ち込もうとした指が細かく震え出す。
　どうしても思い出せない。
　こんなこと、あり得ないのに！
「誰か……助けて」
　小さなうめき声が漏れた。
　花音。
　宏哉。
　……剛。
　ジワリと視界が歪む。
　あたしには、助けてくれる人もいないのだ。

## 幸せ日記

　そのあと、あたしは自分の家で横になっていた。
　何をする気にもなれない。
　親が１階から呼んでも返事をする気にもなれなかった。
　バイト先からの電話が何度かかかってきているけれど、それも全部無視していた。
　もしかしたらクビになるかもしれない。
　でも、それもどうでもよくなっていた。
　復讐日記の効果がなくなり、購入した雑貨屋はもともと存在していなかった。
　あたしの復讐はここで途絶えることになるのだ。
　そう思うと、何もかもやる気が失われてしまった。
　なんのためにここまで頑張ってきたのかわからない。
　花音の辛い顔を見た理由だって、なくなってしまった。
　こんなことなら、復讐日記なんて手に入れるんじゃなかった。
　花音に勧められても、断ればよかったんだ！
　せめて花音の言うことを聞き、みんなが不幸になるようなことは書かなければよかったのかもしれない。
　実際に実行されることなら、もっと幸せになる方法を書けば……。
「あっ……」
　天井を見上げたまま、あたしは小さく口を開いた。

幸せになる方法。
　たしかそんな日記もあったはずだ。
　あの大雨の日にミオリが買っていた……。
　幸せ日記！
「ミオリもあの雑貨屋を必要としていた!?」
　あたしは勢いよく上半身を起こして呟いた。
　そうだ。
　剛の両親の死も、ミオリ自身が通り魔に襲われたことも、そして葬儀の時の火災も。
　全部、ミオリに降りかかったといってもいいようなことばかりだ。
　だからミオリはあの雑貨屋を必要として、さらに見ることもできて幸せ日記を購入できたんだ！
　幸せ日記を購入したミオリは、それを使っているに違いない。
　そしてその内容は……復讐日記と同様に、すべて実行されていく……。
「あたしの復讐日記の効果がなくなったのは、ミオリの幸せ日記のせい？」
　すぐにある仮説が浮かんできた。
　日記にはそれぞれ強弱があり、同じ人物をターゲットとして書いた場合、強い日記に書かれたもののほうが実行されるというものだった。
「もしかして、復讐日記に書かれた内容は、幸せ日記によって消滅している……？」

それなら復讐日記の効果が突然消えてしまったことも証明できるようになる。
　花音は復讐日記に手を加えていなかったのだから、別の力のせいだと考えるのが自然だった。
　この仮説はきっと正しい。
　理解した途端に視界が開けていくようだった。
　あたしの復讐はまだ終わってない。
　逆転する可能性はある！
　そのためにはまず、ミオリが持っている幸せ日記を奪わなければ……。

　運がいいことに、ミオリは花音と同じ高校に通う１年生だった。
　つまり、あたしが通っていた高校ということだ。
　あたしはクローゼットの奥からクリアケースを引っ張り出した。
　もう捨ててしまおうかと考えていた制服が入っている。
　夏服、合服、冬服、体操着。
　久しぶりに見るそれらに、心臓がドクンッと高鳴った。
　嫌なことを思い出すからもう二度と着たくないと思っていたけれど、こんなふうに役立つなんて思わなかった。
　それに、こうして保管していたあたしはやっぱり、心の奥では学校へ行きたかったのだろう。
　捨ててしまうことへの躊躇が、今のあたしを救うことになったのだ。

あたしは迷うことなく冬服に袖を通した。
　あまり着ていないから生地が硬く感じられ、馴染むまでに時間がかかりそうだ。
　髪の毛を1つにまとめて学生カバンを手に持つと、どこからどう見ても高校生だった。
　その姿を鏡に映し、ニヤリと笑う。
　これなら誰にも怪しまれることなく学校へ侵入することができる！
　念のため大きなマスクをつけて顔を隠し、あたしは家を出たのだった。


　あたしが学校に到着した時、タイミングよく放課後になっていた。
　ぞろぞろと出てくる生徒たちの顔を確認しながら校門をくぐる。
　もう二度とくぐれないと思っていた校門に、心臓がドキドキした。
　だけど、それを周囲に悟られないように堂々と歩く。
　1年生の下駄箱へ向かうと、ここに通っていた時の光景が蘇ってきて胸が熱くなった。
　でも、感傷に浸っている暇はない。
　1年生の下駄箱でミオリの名前を調べると、B組の生徒だということがわかった。
　ローファーが入っているということは、まだ帰宅していないということだ。

それを確認して階段を上がり始めた。
　久しぶりの学校だけれど、こうして歩き始めると教室の場所をすぐに思い出すことができた。
　迷うことなく３階まで上がり、Ｂ組の教室へ向かった。
　他の生徒たちに混ざって歩いていると、本当にここに戻ってきたような気分になる。
　その時だった。
　ちょうどミオリが、数人の生徒たちと一緒に教室を出てくるのが見えた。
　ミオリは髪を切り、前回会った時よりもスッキリとしている。
　頬の傷ももうよくなったようで、絆創膏もしていない。
　その表情はとても明るくて元気そうだ。
　イジメられているような気配は感じられない。
「ミオリちゃん？」
　通りすぎる寸前、あたしは声をかけた。
「え……？」
　顔を知らない生徒に突然声をかけられたミオリは、怪訝そうな顔をしている。
「いきなり呼び止めてごめんね。ミオリちゃん、坂藤剛って知ってるでしょ？」
　剛の名前を出すと、ミオリの表情が緩んだ。
「知ってますよ」
「あたし、剛の従妹(いとこ)なの。剛の両親の葬儀にも出たんだけど、あの時は大変なことになったでしょ？　だから剛に挨拶も

せずに帰っちゃったの」
　あたしの説明にミオリは驚いた表情を浮かべた。
「そうだったんですか？」
「うん。そのあとでミオリちゃんが同じ学校の子だって聞いて、挨拶しとこうかなって思ったの」
「わざわざありがとうございます」
　ミオリはうれしそうに頬を染めて言う。
　あたしの嘘をまったく疑っていない様子だ。
「ミオリちゃんにお礼がしたいんだけど、時間ある？」
　そう聞くと、一緒にいた女の子たちが「あたしたち、先に帰るね」と、気を利かせてくれた。
　ミオリの友達はみんな優しいみたいだ。
　その光景に奥歯を噛みしめた。
　あたしにはもう、そんな友達は誰もいない。

「お礼ってどうしてですか？」
　ファミレスへ移動して窓際の席に座り、ミオリが尋ねた。
「最近剛が元気になってきた気がして、ミオリちゃんのおかげかなって思ったの」
「そうなんですね」
　褒められたミオリはうれしそうな顔をしている。
「うん。だから好きなものを食べて」
　あたしはメニューを広げてミオリへ渡した。
「ありがとうございます。あの……名前、まだ聞いてないですよね？」

「そうだっけ？　あたしの名前はカリンだよ」
　あたしは剛から聞いたことのある従妹の名前を伝えた。
「カリンさん。一緒に食べないんですか？」
「ちょっと風邪気味で食欲がないの」
　あたしは、とっさに誤魔化した。
　ここでマスクを外して顔がバレる確率を上げたくない。
「そうなんですか……」
　少し残念そうにしながらも、ミオリはスイーツのページを見て頬を緩めている。
　本当に幸せそうだ。
　あたしはスイーツが運ばれてくるのを待ってから、本題を切り出した。
「どうやって剛の元気を取り戻させたの？　あれだけ落ち込んで誰の言葉にも耳を貸さない状態だったのに」
　剛の状態なんて知らないけれど、あてずっぽうなのを承知で聞いた。
「別に、変わったことなんて何もしてないんですよ」
　ミオリはニコニコと笑顔で言った。
「そんなことないでしょ。ミオリちゃんの愛のおかげ？」
　冗談っぽく言うと、ミオリは声を上げて笑った。
「それもあるかもしれないですけど、じつは面白い日記を買ったんです」
「日記？」
　あたしは、はやる気持ちを押さえて首をかしげた。
「はい。幸せ日記と言って、書いたことがそのまま現実に

なるんです」
「何それ、都市伝説?」
「違いますよ。見てみます?」
　そう言って学生カバンを開けるミオリ。
　あたしはゴクリと唾を飲み込んでその様子を見つめた。
「これです」
　ミオリがカバンから取り出したのは間違いなく、あの雑貨屋で見かけた幸せ日記だった。
「何これ、普通の日記帳でしょ?」
　あたしの言葉に、ミオリは左右に首を振った。
「違いますよ。ここに書けば全部が現実になるんです」
　ミオリの言葉にあたしは笑ってみせた。
「面白いこと言うね、ミオリちゃんって」
「カリンさん信じてないでしょ?　でも、本当なんですよ?」
　ミオリは日記を広げてみせた。
　今日の日付で【雪が積もり、みんなでかまくら作りをする】と、書かれている。
　あたしは窓の外を確認した。
　雪はやんでいるけれど白い景色が広がっている。
　この日記は天気まで操れたのか。
「雪なんて、ただの偶然でしょ?」
「週間天気予報では今日は晴れの予報だったんですよ」
　ミオリはスマホで天気予報を表示させながら言う。
　たしかに今日の天気は晴れになっている。

「仮にこの日記が本物だとしても、かまくら作りなんて子供っぽいね」
　あたしは嫌味を込めて言った。
　でも、ミオリに嫌味は通用しないようだった。
「そうですか？　楽しいですよ？」
　そう言ってふんわりとほほ笑むミオリは、無邪気な子供のように見えた。
　剛があたしにやったことなんて、何も知らないんだろう。
　幸せな子だ。
　今すぐにでも、その幸せをぶち壊してしまいたい。
　剛は昔後輩だった彼女を妊娠させ、おろさせたのだと言ってしまいたかった。
　あたしは大きく深呼吸をして、自分の気持ちを落ちつかせた。
「この日記が本物でも偽物でも、剛の元気が戻ったのはミオリちゃんのおかげだと思うよ」
　そして、作り笑顔を浮かべながら幸せ日記を閉じた。
「そう言ってもらえたらうれしいです」
　ミオリは口元についたクリームを指先でぬぐい、ほほ笑んだ。
「今度はこの日記に頼らずに、頑張ってみて？」
　そしてあたしは、幸せ日記を自分のカバンへと入れた。
「え？」
　キョトンとした表情をこちらへ向けるミオリ。
　冗談だと思っているのか、あたしのカバンに手を伸ばそ

うとはしなかった。
「あたし、ミオリちゃんのこと大好きだよ」
　それだけ言うと、あたしは伝票を持って席を立ったのだった。

## 奥さん

　ファミレスを出たあたしは、走ってその場から離れた。
　途中までミオリがついてきていたけれど、細くて入り組んだ道を選んだおかげで振りきることができた。
　公園のトイレに入り、あたしは幸せ日記の書かれているページをすべて破り捨てた。
【剛が元気になりますように】
【剛の笑顔が戻りますように】
　まるで絵馬のように書かれていたそれを細かく裂き、汚物入れに捨てる。
　剛の幸せを願うことで、周囲の人間の不幸までが取り除かれていたのだ。
「くだらないこと書きやがって」
　そう吐き捨てながらも、パンパンになった汚物入れを見て、あたしはニヤリと笑った。
　これでもう、ミオリが書いたことは現実にはならない。
　復讐日記の効果が再び現れ始めることだろう。
　そう思うとたまらなくうれしくて、笑みが止まらなくなった。
　親友も未来も、何もかも失ったあたしの元へ舞い戻ってきた復讐に、心は躍る。
　自分がどれだけ復讐することに依存してしまっているか、考える余裕だってないくらいにうれしい。

すべてを終えたあたしは鼻歌交じりにトイレを出た。
　空を見上げると太陽が出て、気温が上昇している。
　この調子なら積もった雪も溶けて消えることだろう。
　ミオリが書いていたかまくら作りなんて、できなくなるに決まっている。
「いい気味」
　フンッと鼻を鳴らして公園を出た、その時だった。
　目の前の交差点に見覚えのある女性が立っていて、あたしは足を止めた。
　雑貨屋の奥さんだ！
　あの雑貨屋自体が幻のような存在だったから、奥さんも同じように消えてしまったと思っていた。
　でも、まだいたのだ！
　予想外の人物に一瞬、思考回路が停止してしまう。
　だけど、すぐに我に返った。
「奥さん！」
　あたしは、反対側にいる奥さんへ届くように大きな声を上げた。
　奥さんはあたしに気がつき、視線がぶつかる。
　その表情はとても冷たく、見ているだけで凍えてしまいそうだった。
　日記について聞こうと思っていたはずなのに、言葉が続かなくなった。
　行き交う車が邪魔をして、近づくこともできない。
　ジッとこちらを見つめていた奥さんが、ゆっくりと口を

開くのが見えた。
　大きな声じゃないと聞こえない距離のはずなのに、奥さんの声がはっきり届いてきた。
「人の日記を奪うことは、人の人生を奪うこと。今ならまだ間に合うから、返してきなさい」
　そんな声が聞こえてきた次の瞬間、奥さんの姿は大きなトラックにかき消され、その場からいなくなってしまったのだった。

　やっぱり奥さんも幻なのかもしれない。
　あたしは自室でぼんやりとそんなことを考えた。
　部屋から街を見つめると、雪がどんどん溶けていく様子を見ることができた。
　今ごろミオリは落ち込んでいるだろうか。
　それとも剛に、カリンという従妹について聞いているかもしれない。
　そして、あたしとカリンがまったくの別人だと知って、愕然としているかもしれない。
　その様子を想像すると笑えた。
　ミオリのあの笑顔が少しでも曇ることを、あたしは強く望んでいる。
　カバンの中にしまっていた幸せ日記を取り出す。
　気のせいのはずだけど、指先から伝わってくる日記の温度は、復讐日記よりもずいぶん温かい気がした。
　これに身をゆだねれば、あたしも幸せになることができ

るのだろうか。
　そう考えながらカバンからペンケースを取り出し、ペンを持った。
　日記を広げ、真っ白なページを見つめる。
　復讐日記と同じ使い方なら、この日記は30日分かかさず書かないといけないんだろう。
　幸せなことなら、いくら降り積もってもいい。
　怖いことなんて何もない。
　ペンを持ったまま考えるだけで、自分が幸せになる方法はいくらでも浮かんでくる。
　お金、花音との友情、両親との関係……。
　この日記がすぐに、いっぱいになるのは目に見えていた。
　でも……あたしのペンはピクリとも動かなかった。
　書きたいことはたくさんあるのに、ペン先が日記に触れる寸前で手が止まる。
　なんで……？
　もしかして、この日記は復讐日記とは違う使い方なんだろうか。
　あたしはゆっくりと、日記の最初のページを開いた。

（１）　この日記はできるだけ毎日書きましょう。
（２）　日記に書いたことはすべて現実に起こります。
（３）　他の日記と並行して使うことはできません。

「あ……」

3番目の説明書きに全身から力が抜けるのを感じた。
　あたしはすでに復讐日記に書き込んでいる。
　だからこの日記は使えないのだ。
　落胆すると同時に、どこか安堵している自分もいた。
　今までずっと復讐のために生きてきたのに、今さら誰かの幸せを願うことなんてできなかった。
　自分自身の幸せですら、復讐の中にあると感じられる。
　あたしはただの日記帳になってしまった幸せ日記を、ゴミ箱へと入れたのだった。

## 事故

　幸せ日記は捨てた。
　だから今日からあたしの復讐は再開されるはずだった。
　起きた時、朝日の眩しさに目を細めた。
　また新しい朝が来た。
　今日はバイトへ行かなきゃいけない。
　昨日無断欠勤をしているから風当たりは強いと思うけど、グズグズしている場合じゃない。
　もしかしたらクビと言われるかもしれないけれど、その時はその時だ。
　外へ出ると、昨日降っていた雪が少しだけ残っているのがわかった。
　ここより少し北へ行けば、まだまだ溶け残りがあるかもしれない。
　あたしはミオリが幸せ日記に書いていたことを思い出していた。
　くだらない内容の幸せ。
　一攫千金とか、玉の輿とか、幸せ日記に書けることはたくさんあったはずだ。
　けれどミオリは、そんなこと1文字も書いていなかった。
　剛のため、みんなのためにあの日記を使っていることが、一度見ただけで理解できた。
　自転車をこぎながらあたしは歯を食いしばっていた。

寒さのせいじゃない。
　なんだか胸の中が苦しかった。
　私利私欲のために日記を使わないミオリを、羨ましいと感じていた。
　そのことに気がついていたのに、あえて気がつかないふりをした。
　そうしないと、自分の心が壊れてしまいそうだった。
「くだらない、くだらない！　くだらない‼」
　あたしは、あんなことに日記を使ったりはしない。
　もっと自分のために、もっと自分が満足するように使うんだ。
　だからこれでいいんだ。
　これでいいんだ！
　それなのに、なぜか涙が止まらなかった。


　バイトに入って数時間後、あたし宛てに電話が来ていた。
　店長に呼ばれて事務所へ向かうと、深刻そうな表情で受話器を持っている店長がいた。
「病院からだ」
　店長があたしを睨むようにして言ってきた。
　ミスが多くなったあたりから、店長のあたしへの態度は激変していた。
　今までみたいに気づかってくれるようなことは、もうなかった。
「はい……」

あたしは大人しく受話器を受け取り、何もわからないまま電話に出ることになってしまった。
「はい、海老名です」
　少し緊張しながら言うと、知らない男性の声が聞こえてきた。
『こちら〇×総合病院です。先ほど海老名さんのご両親が交通事故に遭われて搬送されました』
　事務的な男性の声に頭の中は真っ白になっていた。
　両親が事故？
　搬送？
　意味がわからない。
「ちょっちょっと待ってください。もう一度最初からお願いします」
　あたしは慌てて言い、事情を説明してもらう。
　あたしの両親は２人で買い物へ出かけ、その帰りに事故に遭ったらしい。
　運転手は大型のトラックで２人に突っ込む前に発作を起こし、心停止していたという。
　あたしは受話器を持ったまま棒立ちになっていた。
　トラック。
　心停止。
　その単語がグルグルと頭の中を駆けめぐる。
「信号機は……？」
　無意識のうちに、あたしは尋ねていた。
『もしかして、もう誰かから連絡があったんですか？　事

故があった時に信号が誤作動を起こして、すべてが青に変わっていたそうです。もしもし？　聞こえてますか？』

　いったい自分がどうやって病院までやってきたのか、あたしはまったく覚えていなかった。
　ただ気がつけば病院のソファに座っていて、隣には吉野さんがいた。
　バイト先の中で一番あたしを気にかけてくれている吉野さんが、ここまで連れてきてくれたのかもしれない。
「あの、あたし……」
「大丈夫よ海老名さん、何も心配いらないからね」
　吉野さんはあたしの手を握りしめてきた。
　だけど、その手はひどく震えている。
「ごめんなさい、あたし混乱しててここまでどうやってきたのか覚えてなくて……」
　そう言うと、吉野さんは驚いたようにあたしを見た。
　そして、すぐに頷く。
「店長がタクシーを呼んでくれたのよ。だけど海老名さん1人で病院へ行かせるのは不安だったから、あたしがついてきたの」
「そうだったんですか……」
　少し視線をずらすと、手術室が見えた。
　赤いランプがついている。
「もしかして、あたしの両親は手術中なんですか？」
　あたしが尋ねると吉野さんは頷いた。

「具体的なことって、もう聞きました?」
「まだ、何も……」
　吉野さんは黙り込んでしまった。
　不安が胸に広がっていく。
　まだ手術をしているということは、これからどうなるかわからないということだ。
「2人は大型トラックに撥ねられたんですよね？　ってことは……」
　自分でそこまで言って口を閉じた。
　トラックに撥ねられて首だけになってしまった剛の両親を思い出す。
　途端に吐き気が込み上げてきて、あたしはトイレに走っていた。
　今までも何度もあの光景を思い出していた。
　それでもここまで気分が悪くなったのは初めてだった。
「大丈夫？」
　個室の外から吉野さんの声が聞こえてくる。
　それにも返事ができないほどに苦しかった。
　吐き気がお腹の奥から何度も突き上げてくる。
　数分後、あたしは手の甲で口元をぬぐい、ようやくトイレを出た。
「大丈夫です」
　個室の外で待ってくれていた吉野さんに言うと、口をゆすいだ。
「フラフラじゃない。どこかで休ませてもらえたらいいん

だけど……」
「あたしは大丈夫です」
　どこかで休憩している暇なんてない。
　両親が生きるか死ぬかの瀬戸際に立っているのだから。
　あたしは心配する吉野さんを無視して、元のベンチへと急いだ。
　その時だった、ちょうど手術中のランプが消えるのが見えたのだ。
　あたしはハッとしてドアまで駆け寄る。
　吉野さんが追いかけてきて、あたしの隣に立った。
　先生が出てくるまでの時間が、永遠のように長く感じられる。
　手術室の自動ドアが左右に開いた時、手術着を着た男性医師が真剣な面持ちで出てきた。
「先生、母と父は……？」
　出てきた先生を呼び止めて質問する。
　すると先生は無言のまま左右に首を振ったのだ。
　あたしの隣で吉野さんが息をのむ音が聞こえてきた。
　けれど、あたしには先生の言っていることの意味が理解できなかった。
　無言で左右に首を振るだけで、何を理解しろというんだろう。
　質問を続けようとした時だった。
　手術室から２台のベッドが運び出されてくるのを見た。
「お父さん、お母さん！」

やっぱり大丈夫だったんだ。
あたしの両親が死ぬわけがない。
だって、復讐日記はちゃんと最後まで書いたんだから！
笑顔でベッドを覗き込んだ時、凍りついた。
青白い母親の顔。
生気を失った父親の顔。
目は固く閉ざされていて、いくら名前を呼んでも開けてくれない。
あれだけあたしのことを心配していた母親も、何も言わない。
「2人ともあたしを驚かせようとしてるんでしょ？　冗談ならもうやめて、笑えないから！」
必死に2人を揺さぶり、起こそうとする。
でも、2人は目を開けない。
「ねぇ!?　起きてよ！　冗談なんでしょ!?　本当は全然平気なんだよね!?」
知らず知らずにあたしは怒鳴り散らしていた。
娘のあたしをどこまで心配させれば気が済むの？
こんなことして、あとから冗談でしたと言って笑ったって許してあげないんだから！
吉野さんがボロボロと涙を流しながら、あたしを止めようとする。
「海老名さんやめて。2人とも、もう目は覚まさないんだよ」
吉野さんの震える声にあたしは動きを止めた。
2人はもう目覚めない？

なんで？
　そんなのおかしいじゃん！
「嘘だよ。あたしの両親が死ぬなんてあり得ない！」
　あたしは確信を持って言っていた。
　死んだのは剛の両親だよ。
　あたしの両親じゃない。
　復讐日記はすべて埋めたから、同じことがあたしに降りかかることはないんだから!!
「残念です」
　先生は小さな声で言うと、あたしへ向けて深く頭を下げたのだった。

## 燃える

　どうしてこんなことになったのか。
　両親が亡くなってから今日まで、いくら考えてもわからなかった。
　復讐日記は最後までちゃんと書いた。
　それから、幸せ日記もゴミ箱に捨てた。
　なのに……どうして？
「海老名さん、ちょっと買い物だけ行ってくるね」
　あたしの家に来てくれていた吉野さんが、あたしに声をかけると立ち上がった。
　あたしはぼーっとしたまま、両親の眠っている顔を見つめることしかできなかった。
　白装束を身にまとった両親は、別人のように見えた。
　さっきから親戚の人たちが家の中を行き来しているけれど、それもあたしには見えていなかった。
「幸せ日記の捨て方が悪かったのかな……。もっとバラバラに千切って、原形をなくさないとダメなのかな……」
　1人でブツブツと呟く。
　あたしはいったいどこで間違ったのか。
　それがわかれば、すべては上手くいくはずだった。
　両親が死んだなんてなかったことになって、復讐も全部終わって、これから先ずっとずっと幸せな生活が続いていくんだ。

そうなるに決まっている。
「彩愛ちゃん、明日は葬儀だからね？」
　どこからか現れた女性に言われ、あたしはようやく視線を向けた。
　よく見てみれば、その人はお父さんのお姉さんに当たる人だった。
「葬儀……？」
　そう呟いた自分の声がガラガラにかすれていた。
　ずっと水分を取っていないような干からびた声。
「そうよ。早く楽にしてあげないとね？」
　伯母さんの目は真っ赤に充血している。
「でも……」
　あたしはそこまで言って口を閉じた。
　葬儀の日程なんてどうでもよかった。
　それどころじゃない。
　あたしの両親が目覚めないのだ。
「両親はいつ、目が覚めるんですか？」
　あたしの質問に、伯母さんはまた涙をこぼし始めてしまった。
「もう目を覚まさないのよ。しっかりして彩愛ちゃん」
　伯母さんはあたしの体を抱きしめてきた。
　少し痛いくらいのその力に驚いてしまう。
「伯母さん、痛いよ……」
「彩愛ちゃんには伯母さんたちがいるから、大丈夫だから」
　叔母さんが必死に言ってくるけれど、言葉の意味が理解

できなかった。
　伯母さんたちがいるって、どういう意味？
　それじゃまるで、あたしの両親がいなくなるみたいに聞こえる。
「彩愛ちゃんは立派に働いてるけど、しばらくは伯母さんの家で一緒に暮らすの。わかる？」
「わからないです。伯母さんの家は遠いからバイトも辞めないといけないですよね？　なんで？」
　首をかしげて聞くと、伯母さんはまた悲しげに表情を歪めてしまった。
　あたしが伯母さんを苛めているように見えて、居心地の悪さを感じる。
　何もわからない、何も理解したくない。
　そんな駄々っ子みたいな感情が心を支配している。
「少し、外へ出たいです」
　あたしはボーッとしながら言うと、伯母さんから逃げるように外へ出たのだった。

　コートも着ずに外へ出ると、師走の寒さに震えた。
　けれど、少しは頭がスッキリした気がする。
　家にはたくさんの親戚や、スーツ姿の見たことのない人たちが頻繁に出入りしている。
　その人たちはあたしを見ると、一様に憐れんだ表情を浮かべた。
　そんな目で見てほしくなくて、視線から逃げるように歩

き出す。
　吉野さんはどこまで買い物に行ったんだろう。
　こんな時に１人にしないでほしい。
　見慣れた街並みまでも、なぜか今のあたしにはよそよそしく感じられた。
　まるでパラレルワールドに迷い込んでしまったかのような心細さ。
　ここは、あたしのいるべき世界じゃない。
　両親が待っているはずの世界に戻らないといけない。
　そう思い、早足になったその時だった。
　前方から吉野さんが歩いてくるのが見えた。
　手には買い物袋を持っている。
「吉野さん！」
　あたしはすぐに駆け寄ろうとしたのだが……吉野さんの様子がどこかおかしいことに気がついた。
　さっきから右へ左へと蛇行しながら歩いているのだ。
　体調でも悪いのだろうか。
　徐々に近づいてくる吉野さんは、目から血を流しているように見えた。
　左目に銀色の何かが突き刺さっている。
「吉野さん……？」
　嫌な予感と恐怖で体が動かなくなり、立ち止まる。
「海老名……さん……」
　目の前まで来た吉野さんの左目にはフォークが突き立てられていた。

そこから幾筋もの血が流れ出し、きれいな顔を真っ赤に染めているのだ。
　腰を抜かしてしまいそうになるのを必死でこらえる。
　両足がガクガクと震えて戻ることも、進むこともできなかった。
「海老名さん……私の目……どうなってる？」
　吉野さんがあたしに両手を伸ばして聞いてくる。
　その手があたしに触れそうになった瞬間、悲鳴を上げていた。
「いやぁ！　来ないで!!」
　そして、吉野さんを突き飛ばしてしまっていた。
　吉野さんは体のバランスを崩し、買い物袋を落としてそのまま倒れ込んでしまった。
　手を伸ばそうとしても、伸ばせなかった。
　真っ赤に染まっていく吉野さんの顔が、あたしを睨みつけているように見えたから。
　苦しみにあえぐその声が、『お前のせいだ』と言っているように聞こえたから。
「どうした!?」
　あたしの悲鳴を聞きつけた親戚の人たちが集まってきて、愕然としている。
　あたしはようやく我に返り、吉野さんの隣に膝をついた。
「吉野さん！　吉野さん！」
　名前を呼んでも、返事はない。吉野さんは、そのまま気絶してしまったのだった。

## すがりつく

　救急搬送された吉野さんを見送り、あたしは花音の家を訪れていた。
「花音！　いるんでしょ？　出てきてよ！」
　怒鳴り声を上げ、玄関を叩く。
「彩愛……？」
　大きな声に腹を立てているのか、しかめっ面をした花音が玄関から顔を出した。
「どうしたの彩愛。ひどい顔してるけど」
　花音が全部を言い終わる前に、あたしは花音の体を押しのけて家の中へと足を踏み入れていた。
　靴を乱暴に脱ぎ、大股で花音の部屋へ向かう。
「ちょっと彩愛!?」
「鍵を貸して！」
　復讐日記が入れられているはずの引き出しの前まで来て、あたしは言った。
「なに言ってるの？　まだ何かに使う気？」
「いいから、貸して！」
　あたしは花音を睨みつけながら怒鳴る。
　花音はしばらくあたしを睨み返していたけど、小さくため息を吐き出すと鍵を開けてくれた。
　あたしは勢いよく引き出しを開けて中を確認した。
　今度こそ、復讐日記が書き替えられたに決まっている。

じゃないと次々と同じことが起こるはずがない!
　そう思い、日記を凝視する。
　けれど、そこに書かれていることに変更はなかった。
　どこにも変わりは見られない。
「なんでよ……」
　復讐日記を持つ手が震えた。
「また何かあったの?」
　花音に聞かれて、あたしは奥歯を食いしばった。
「……両親が死んだ」
「え?」
　あたしの言葉に花音が目を見開いた。
「バイト先の人も通り魔に刺された。全部あたしがここに書いたことだよ!」
「なんで書いたことが戻ってきてるの?　日記をちゃんと書けば大丈夫なんだよね?」
　花音は自分に言い聞かせるように言うと、あたしから日記を奪い取って確認し始めた。
　日記の説明書きではそうなっていた。
　あたしは何も間違えてなんかいない。
　何も……。
　その時、幸せ日記のページを破り捨ててしまったことを不意に思い出した。
　ミオリが書いた内容が実行されないようにするための行動だった。
　でも……。

復讐日記よりも、幸せ日記のほうが効力が強いとすれば、その日記を破ったあたしはいったいどうなるのか？
　そこまで考えて、背中に冷や汗が流れた。
「もしかして幸せ日記を破いたから……？」
　幸せ日記があたしに復讐をしているんだ！
「どういうこと？」
　花音が質問するのも無視をして、あたしはすぐに彼女の家を出たのだった。

　急いで自宅へ戻るとそのまま部屋へと飛び込んだ。
　幸せ日記はまだゴミ箱の中にある。
　それを拾い、すぐにページを確認してみた。
「嘘……」
　そこには、あたしが破いて捨てたはずのページが存在していたのだ。
　ミオリが書いた、どうでもいいような内容がそのまま書かれている。
　こんなことあり得ない。
　これは悪い夢だ。
　復讐日記を使いすぎて、少し疲れてしまっているに違いない。
　自分自身にそう言い聞かせてみても、体の震えは止まらない。
　あたしはペンを強く握りしめて、幸せ日記をテーブルに広げた。

複数の日記を平行して使うことはできない。

　それはすでに理解していたことだったけれど、書かずにはいられなかった。

　前回と同じように、日記があたしのペンを跳ね返そうとする。

　あたしは力づくでそれをねじ伏せた。

　右手にペンを持ち、その腕を左腕で押さえつけながら書き進める。

【海老名彩愛に災難は降りかからない】

【まわりの人間もみんな幸せ】

【復讐日記に書いたことは実行されない】

　1文字1文字願うように書いていると、涙が次々とあふれ出してきた。

　手が震え、文字がガタガタに歪んでいる。

　自分でも何が書いてあるのか読み直せないくらいに、ひどい文字だった。

「お願い……復讐は止まって。止まって、止まってよ！」

　何度も呟き、書きなぐる。

【海老名彩愛は幸せになる】

【海老名彩愛は幸せになる】

【海老名彩愛は幸せになる】

　書けば書くほど、心の中に安堵感が広がっていくような気がした。

　最初から、こういうふうに書いていればよかったんだ。

　復讐日記も、幸せ日記も、効果は同じなんだから。

日記の名前に惑わされることなく、こう書いていればよかったんだ！
　　花音はあたしに教えてくれていた。
　　教えてくれていたのに……！
「おい、なんかコゲ臭くないか？」
　　玄関からそんな声が聞こえてきた。
　　だけど、あたしの耳には入ってこない。
　　目の前の日記にしか、意識が集中しなかった。
　　だって、これを書けば今度こそ上手くいくんだから。
　　今度こそ、今度こそ、今度こそ！
【海老名彩愛は幸せになる】
【海老名彩愛は幸せになる】
【海老名彩愛は幸せになる】
「おい、火事だ！」
「逃げろ！」
【海老名彩愛は幸せになる】
【海老名彩愛は幸せになる】
「彩愛ちゃんはどこ!?」
「わからない！　とにかく先に逃げるんだ！」
【海老名彩愛は幸せになる】
【海老名彩愛は幸せになる】
【海老名彩愛は幸せになる】
「ふふっ……あはははははっ！」
　　これで大丈夫。
　　これだけ書けばきっと大丈夫！

【海老名彩愛は幸せになる】
【海老名彩愛は幸せになる】
「あははははははははははははは!!　あたしは幸せ！　あたしは幸せ！」
　次の瞬間、ドォンと大きな爆発音が聞こえてきた。
　家が大きく揺れる。
　それでもあたしの笑いは止まらなかった。
　だって、これであたしは幸せになるはずだもん！
　燃え盛る炎が家中を包み込む。
　煙が視界を遮り、幸せ日記が見えなくなった。
　それでもあたしは書き続けた。
　そして、笑い続けた。
「あたしは幸せ！」
　そう叫んだ時、焼け焦げた天井の一部があたしの頭上へと落下した。

## 終わり

【花音side】
　彩愛の両親が亡くなったこと、彩愛のバイト仲間さんが通り魔に襲われたこと、そして彩愛の家が全焼……。
　次々と起こった悲劇は、すべて彩愛が日記に書いたものだった。
「彩愛もかわいそうな子だったんだよ」
　院内を歩きながらあたしが言うと、
「わかってる」
　宏哉は頷いてくれた。
「でも、わからないことが1つあるんだ」
「何？」
「兄貴は彩愛に何度も謝罪してた。俺が死ねばよかったんだって、泣いてた」
「うん、知ってる。宏哉もミオリちゃんも、剛がやったことを知ってたしね」
　宏哉の言葉にあたしは頷いた。
「それなのに、彩愛はそのことを全然覚えてなかった」
「それはね……」
　あたしはスッと息を吸い込んで宏哉を見た。
「彩愛は復讐に取りつかれてしまったからだと思う」
　強いショックとストレスで、彩愛の当時の記憶は大幅に改ざんされていた。

きっと剛を悪者にすることで、自分の悲しみを少しでも軽減させたかったんだろう。
　剛は罪の意識から外で働くことができなくなり、ずっと引きこもっていたというのに。
　だけど彩愛からすれば、その程度で許せることではなかったのだ。
「兄貴は頑張ってた」
　宏哉の言葉にあたしは頷いた。
「わかってるよ。何度も外へ出ようとしてたんだよね？」
「あぁ。このままじゃダメだって言って、バイトの履歴書を何枚も書いて、勇気を出して面接に行ったこともある。結果はダメだったけれど、前に進もうと必死だったんだ」
　宏哉は思い出したように言って、下唇を噛みしめた。
　剛の頑張りを間近で見てきた宏哉にとっては、彩愛の記憶違いが納得できないのだろう。
　あたしだって同じ気持ちだった。
　だけど彩愛の中では、剛がどこまでも悪役になってしまっている。
「だから、俺は兄貴にミオリを紹介した。少しでも、元気になってほしくて……」
　宏哉はそこまで言うと、廊下の途中で立ち止まった。
「わかってるよ。宏哉は間違ってない。剛はそのおかげで少し元気になったじゃん」
　あたしは宏哉の背中をさするように撫でる。
　宏哉は剛とミオリを引き合わせてしまったことを、ひど

く後悔しているのだ。
「俺のせいで……彩愛は壊れたのかもしれない」
「そんなことない！」
　宏哉の言葉を、あたしは叫ぶようにして否定する。
「さっきも言ったけど、宏哉は間違ったことはしてないよ」
　剛はミオリを妹のようにかわいがり、日に日に表情が明るくなっていったのだから。
　ミオリも剛のやったことをすべて知りながら、剛のことを兄のように慕うようになった。
　２人で過ごす時間はたしかに長くなっていたけれど、決して恋人関係というわけではなかった。
　だけど彩愛は勘違いをした。
　引きこもっていたはずの剛が、ミオリと一緒に買い物をしているところを偶然目撃してしまったのだ。
　いつもは宏哉も一緒に出かけるのだけれど、その日はたまたまいなかった。
　はたから見たら、誰だって勘違いするような状況だった。
　彩愛は案の定、２人が付き合っていると思い込んだのだ。
　子供を堕胎させられ、高校も中退した自分と、新しい彼女を作り幸せそうな剛。
　その思い込みが彩愛を暴走させた。
『剛に新しい女ができた!!』
　ある日、あたしの家に来た彩愛は突然そうわめき出したのだ。
『なんのこと？　いったいどうしたの？』

わめき散らす彩愛をどうにか落ちつかせてから、あたしは尋ねた。
　　すると、剛とミオリが２人で買い物をしているところを見たと言ってきたのだ。
　　ミオリの存在を伝えていなかったのが失敗だったと、すぐに理解した。
　　それでも、あたしたちは何度も彩愛に伝えたんだ。
　　勘違いだからと。
　　２人はそんな関係じゃないからと。
　　彩愛だって、外へ出ることができた剛を見てうれしいと感じたはずだ。
　　そう、思っていたのに……。
『うれしいわけないじゃん！　あいつがあたしより先に立ち直るなんて許さない!!』
　　血走った目を吊り上げてそう言ったのだ。
　　それを聞いた瞬間、あたしは愕然としてしまった。
　　あたしが思っている以上に、彩愛は剛に依存し、復讐に命の炎を燃やしていたのだ。
　　その時の彩愛を思い出すと、今でも身震いする。
　　そしてその時あたしは、復讐しなければ彩愛の妄想は終わらないのだと思った。
　　だから……。
「ここです」
　　先を歩いていた警察官が立ち止まった。
　　あたしはその部屋を見つめた。

この中に、彩愛はいる。

警察官に促されて、あたしは一歩部屋の中へと足を踏み入れた。

透明な壁越しに彩愛が座っている。

彩愛は両手を拘束されたまま、ジッとこちらを見つめていた。

火災のせいで顔の半分は焼けただれ、彩愛だと判断ができない状態だ。

残る半分の顔も、頬はコケ、目の下のクマはクッキリと刻み込まれてとても10代には見えなかった。

元気だったころの彩愛の面影は、もうどこにも残されてはいなかったのだ。

その姿を見た瞬間、涙があふれた。

「ごめん。ごめんね彩愛……」

彩愛が復讐することですべてが終わるならと思い、あたしはとある日記を作った。

それが『復讐日記』だった。

普通のノートにあたしがマジックで『復讐日記』と書いただけの安っぽいものだった。

この日記に書いたことは全部実行されると、嘘の説明も書いた。

嫌な出来事は文字に起こせばスッキリすると聞いたことがあったからだ。

日記にすることで彩愛が救われるなら、これ以上いいことはなかった。

これで彩愛も少しは周囲を見られるようになるだろうと、本当に思っていた。
　それなのに……。
　彩愛は日記に書いたことを、すべて自分で実行してしまったのだ。
　剛の両親を事故に見せかけて殺し、ミオリをフォークで刺し、葬儀会場に火を放った。
「花音……どうしてあたしはここにいるの？」
　不思議そうな顔で尋ねてくる彩愛。
　自分がどういう状況なのか理解できていないのだ。
「彩愛……」
　あたしは俯き、彩愛を直視することができなかった。
　彩愛の両親はそのあと自殺をしてしまったが、それも彩愛本人はいいように改ざんして記憶している。
「でもね、あたしはとっても幸せなんだよ！　だって、幸せ日記に書いたんだもん！」
　この『幸せ日記』というものも、彩愛の妄想だった。
　『復讐日記』と『幸せ日記』だと、『幸せ日記』の効力のほうが強いのだそうだ。
　強い日記に自分が幸せになると書いたから、必ず幸せになると思い込んでいる。
　もう、あたしには彩愛の言っていることの意味がわからなかった。
　目の前の彩愛は「あたしは幸せ！」と繰り返し口走り、大きな声で笑っている。

その笑い声を聞くたびに、あたしの胸はズキズキと痛む。
　彩愛をこんなふうにしてしまったのは、あんなでたらめな日記を作ってしまった自分のせいなんじゃないかと、思ってしまう。
「彩愛……早く元に戻ってよ……」
　医療少年院に入院することになった親友を見つめて、あたしは呟いたのだった。


　とある町の雑貨屋に、高校生の女の子が訪れた。
「この日記はね、書いたことが現実になるんだよ」
　雑貨屋の奥さんが、その女子高生へ向けて日記の説明をしている。
「面白い日記ですね」
「本当のことなんだよ？　世界で数冊しかない日記が、今日入荷したんだ」
「貴重なものなんですね」
　少女は興味を惹かれたように日記に手を伸ばす。
　それには『復讐日記』というタイトルだった。
「この日記がほしいと言って私に電話番号を渡してきた子もいるけれど、その子はもう、ダメになってしまったからねぇ」
「ダメになった？」
　少女は首をかしげて雑貨屋の奥さんを見た。
「この日記はね、使い方を少し間違うと書いたことは全部自分へ戻ってきてしまう。そして、これまでの記憶を改ざ

んし、自分が悪者になってしまうんだよ」
　奥さんの説明に、女子生徒は顔をしかめて日記帳をカウンターへと戻した。
「それって怖いですね。う〜ん、あたしは普通の日記帳を買います」
「そう。それがいいかもしれないね」


　　　　　　　　　　　　　　　　　　　　ＥＮＤ．

## あとがき

みなさまこんにちは、初めまして、西羽咲花月です。

このたびは『復讐日記』を手に取っていただき、ありがとうございます！

楽しんで読んでいただけましたでしょうか？

もともと復讐に魂を燃やしていた主人公が『復讐日記』を手に入れたことでさらにエスカレートし、気がついた時には自分でもどうしようもないところまできていた。

マイナスへと力を注いだ時、それが自分に跳ね返って来たらどうなるか……という恐ろしさが伝わっていればうれしいです。

さて、2018年7月には、西日本豪雨という大きな被害がありました。

私の親戚は岡山県真備町に住んでいるのですが、高い位置に家があったため水害は免れたそうです。

しかし少し先へ行けば町が海になっていたということで、大変恐ろしい思いをしたと思います。

そんな中でも、お盆になるとたくさんのお土産を持って実家に帰って来てくれました。

そして、本当に被災地の人なのかと疑うほど明るく元気で、笑顔で、当時のことや今の状況について話を聞かせてくれました。

また、イトコの友人宅は水に浸かり、スーパーから商品が消える。
　散歩コースだった近くの公園には仮設住宅が建ち、学校には給水車が来る。
　町は一瞬にしていつもの姿を失いましたが、それでもその場で逞(たくま)しく生きている人がたくさんいます。

　『復讐日記』は架空の日記帳ですが、主人公に起こった変化もまさに一瞬だったと思います。
　瞬きをする間に、世界はよいほうへも悪いほうへも変わることができる。
　『復讐日記』のような強い力がなくても、プラスの気持ちが集まればきっと前に進めるはず。
　それこそ、『復讐日記』の力を跳ね返すくらいのパワーがあるかもしれません。
　私のプラスのパワーが少しでもみなさまに伝わり、笑顔になれますようにと、心から願っています。

　最後に、ここまで読んでくださったみなさま、スターツ出版のみなさま、さくさん応援をしてくださるファンのみなさま、本当にありがとうございます！
　これから先も、迷わず真っ直ぐに進んでいこうと思います。

2018.10.25　西羽咲花月

この物語はフィクションです。
実在の人物、団体等とは一切関係がありません。

西羽咲花月先生への
ファンレターのあて先

〒104-0031
東京都中央区京橋1-3-1
八重洲口大栄ビル7F

スターツ出版(株)書籍編集部 気付
西羽咲花月先生

## 復讐日記

2018年10月25日　初版第1刷発行
2019年10月7日　　　第2刷発行

| 著　者 | 西羽咲花月 |
|---|---|
| | ©Katsuki Nishiwazaki 2018 |
| 発行人 | 菊地修一 |
| デザイン | 黒門ビリー&フラミンゴスタジオ |
| ＤＴＰ | 朝日メディアインターナショナル株式会社 |
| 編　集 | 長井泉　酒井久美子 |
| 発行所 | スターツ出版株式会社 |
| | 〒104-0031 東京都中央区京橋1-3-1　八重洲口大栄ビル7F |
| | 出版マーケティンググループ　TEL03-6202-0386 |
| | （ご注文等に関するお問い合わせ） |
| | https://starts-pub.jp/ |
| 印刷所 | 共同印刷株式会社 |

Printed in Japan

乱丁・落丁などの不良品はお取替えいたします。上記出版マーケティンググループまで
お問い合わせください。
本書を無断で複写することは、著作権法により禁じられています。
定価はカバーに記載されています。

ISBN 978-4-8137-0556-7　C0193

# ケータイ小説文庫　2018年10月発売

### 『無気力王子とじれ甘同居。』雨乃めこ・著

高2の祐実はひとり暮らし中。ある日突然、大家さんの手違いで、授業中居眠りばかりだけど学年一イケメンな無気力男子・松下くんと同居することになってしまう。マイペースな彼に振り回される祐実だけど、勝手に添い寝をして甘えてきたり、普段とは違う一面を見せる彼に惹かれていって…？
ISBN978-4-8137-0550-5
定価：本体590円＋税
**ピンクレーベル**

### 『俺の愛も絆も、全部お前にくれてやる。』晴虹・著

全国でNo.1の不良少女、通称"黄金の桜"である泉は、ある理由から男装して中学に入学する。そこは不良の集まる学校で、涼をはじめとする仲間に出会い、タイマンや新入生VS在校生の"戦争"を通して仲良くなる。涼の優しさに泉は惹かれはじめるものの、泉は自分を偽り続けていて…？
ISBN978-4-8137-0551-2
定価：本体590円＋税
**ピンクレーベル**

### 『月明かりの下、君に溺れ恋に落ちた。』nako.・著

家族に先立たれた孤独な少女の朝日はある日、家の前で見知らぬ男が血だらけで倒れているのを発見する。戸惑う朝日だったが、看病することに。男は零と名乗り、何者かに追われているようだった。零もまた朝日と同じく孤独を抱えており、ふたりは寂しさを埋めるように一夜を共にして…？
ISBN978-4-8137-0552-9
定価：本体590円＋税
**ブルーレーベル**

### 『新装版 キミのイタズラに涙する。』cheeery・著

高校1年の沙良は、イタズラ好きのイケメン・隆平と同じクラスになる。いつも温かく愛のあるイタズラを仕掛ける彼に、イジメを受けていた満は救われ、沙良も惹かれていく。思いきって告白するが、彼は返事を保留にしたまま、白血病で倒れてしまい…。第9回日本ケータイ小説大賞・優秀賞＆TSUTAYA賞受賞の人気作が、新装版で登場！
ISBN978-4-8137-0553-6
定価：本体580円＋税
**ブルーレーベル**

# ケータイ小説文庫　好評の既刊

## 『恋愛禁止』西羽咲花月・著

ツムギと彼氏の竜季は、高校入学をきっかけに寮生活をスタートさせる。ところが、その寮には『寮生同士が付き合うと呪われる』という噂があって…。噂を無視して付き合い続けるツムギと竜季を襲う、数々の恐怖と怪現象。2人は別れを決意するけど、呪いの正体を探るために動き出すのだった。

ISBN978-4-8137-0462-1
定価：本体 570 円+税

**ブラックレーベル**

## 『キミが死ぬまで、あと5日』西羽咲花月・著

高2のイズミの同級生が謎の死を遂げる。その原因が、学生を中心に流行っている人気の呟きサイトから拡散されてきた動画にあることを友人のリナから聞き、イズミたちは動画に隠された秘密を探りに行く。だけど、高校生たちは次々と死んでいき…。イズミたちは死の連鎖を止められるのか!?

ISBN978-4-8137-0427-0
定価：本体 580 円+税

**ブラックレーベル**

## 『自殺カタログ』西羽咲花月・著

同級生からのイジメに耐えかね、自殺を図ろうとした高2の芽衣。ところが、突然現れた謎の男に【自殺カタログ】を手渡され思いとどまる。このカタログを使えば、自殺と見せかけて人を殺せる。つまり、イジメのメンバーに復讐できることに気づいたのだ。1人の女子高生の復讐ゲームの結末は!?

ISBN978-4-8137-0307-5
定価：本体 590 円+税

**ブラックレーベル**

## 『彼に殺されたあたしの体』西羽咲花月・著

あたしは、それなりに楽しい日々を送る一見普通の高校生。ところが、平凡な毎日が一転する。気づけば…あたしを埋める彼を身動きせずに見ていたのだった。そして今は、真っ暗な土の中で、誰かがあたしを見つけてくれるのを待っていた。なぜ、こんなことになったの？　恐ろしくて切ない新感覚ホラー作品が登場！

ISBN978-4-8137-0242-9
定価：本体 560 円+税

**ブラックレーベル**

# ケータイ小説文庫　好評の既刊

### 『感染学校』 西羽咲花月・著

愛莉の同級生が自殺してから、自殺&殺人衝動を持った生徒が続出。ところが突然、生徒と教師は校内に閉じ込められてしまう。やがて愛莉たちは、校内に「殺人ウイルス」が蔓延していることを突き止めるが、すでに校内は血の海と化していて…。感染を避け、脱出を試みる愛莉たち。果たしてその運命は⁉

ISBN978-4-8137-0188-0
定価：本体590円＋税

**ブラックレーベル**

### 『絶叫脱出ゲーム』 西羽咲花月・著

高1の朱里が暮らす【mother】の住民は、体内のICチップで全行動を監視されていた。ある日、朱里と彼氏の翔吾たちは【mother】のルールを破り、【奴隷部屋】に入れられる。失敗すれば命を奪われるが、いくつもの謎を解きながら脱出を試みる朱里たち。生死をかけた脱出ゲームが、今はじまる！

ISBN978-4-8137-0115-6
定価：本体570円＋税

**ブラックレーベル**

### 『カ・ン・シ・カメラ』 西羽咲花月・著

彼女の楓が大好きすぎる高3の純白。だけど、楓はシスコンで、妹の存在は純白をイラつかせていた。自分だけを見てほしい。楓をもっと知りたい。そんな思いがエスカレートして、純白は楓の家に隠しカメラをセットする。そこに映っていたのは、楓に殺されていく少女たちだった。そして混乱する純白の前に現れたのは……。衝撃の展開が次々に押し寄せる驚愕のサスペンス・ホラー。

ISBN978-4-8137-0064-7
定価：本体580円＋税

**ブラックレーベル**

### 『彼氏人形』 西羽咲花月・著

高2の陽子は、クラスメイトから"理想的な彼氏が作れるショップ"を教えてもらう。顔、体格、性格とすべて自分好みの人形と疑似恋愛を楽しもうと、陽子は軽い気持ちで彼氏人形を購入する。だが、彼氏人形はその日から徐々に凶暴化して…。人間を恐怖のどん底に陥れる彼氏人形の正体とは⁉

ISBN978-4-88381-968-3
定価：本体550円＋税

**ブラックレーベル**

# ケータイ小説文庫　好評の既刊

## 『リアルゲーム』西羽咲花月・著

ゲームが大好きな高２の芹香。ある日突然、芹香の携帯電話が壊れ、画面に「リアルゲーム」という表示が。芹香は気味の悪さに怯えつつも、なぜかそのゲームに惹かれ、登録してしまう。だが、軽い気持ちで始めたゲームは、その後次々に恐ろしい出来事を巻き起こす「死のゲーム」だった!?

ISBN978-4-88381-938-6
定価：本体 570 円＋税

**ブラックレーベル**

## 『爆走 LOVE ★ BOY』西羽咲花月・著

かわいいけどおバカな亜美は受験に失敗し、全国的に有名な超不良高校へ。女に飢えたヤンキーたちに狙われるキケンな日々の中、亜美は別の高校に通う彼氏・雅紀が見知らぬ女といるところを目撃し別れを告げる。その後、高３の生徒会長・樹先輩と付き合うが、彼には"裏の番長"という別の顔が!?

ISBN978-4-88381-758-0
定価：本体 540 円＋税

**ピンクレーベル**

## 『新装版 イジメ返し〜復讐の連鎖・はじまり〜』なぁな・著

女子高に通う楓子は些細なことが原因で、クラスの派手なグループからひどいイジメを受けている。暴力と精神的な苦しみにより、絶望的な気持ちで毎日を送る楓子。ある日、小学校の時の同級生・カンナが転校してきて"イジメ返し"を提案する。楓子は彼女と一緒に復讐を始めるが…？

ISBN978-4-8137-0536-9
定価：本体 590 円＋税

**ブラックレーベル**

## 『イジメ返し　恐怖の復讐劇』なぁな・著

正義感の強い優亜は、いじめられていた子を助けたことがきっかけでイジメの標的になってしまう。優亜への仕打ちはどんどんひどくなるけれど、担任は見て見ぬフリ。親友も、優亜をかばったせいで不登校になってしまう。孤立し絶望した優亜は、隣のクラスのカンナに"イジメ返し"を提案され…？

ISBN978-4-8137-0373-0
定価：本体 590 円＋税

**ブラックレーベル**

# 読むたび何度でも恋をする…全力恋宣言！
# 毎月25日はケータイ小説文庫の日♥

**心に沁みるピュアラブやキラキラの青春小説、
「野いちご」ならではの胸キュン小説など、注目作が続々登場！**

## ケータイ小説文庫　2018年11月発売

### 『新装版 苺キャンディ』Mai・著

16歳の未央はひょんなことから父の友人の家に居候することに。そこにはマイペースで強引だけどイケメンな、同じ年の要が住んでいた。初対面のはずなのに、愛しそうに未央のことを見つめる要にキスされ戸惑う未央。でも、実はふたりは以前出会っていたようで…？　運命的な同居ラブにドキドキ！
ISBN978-4-8137-0569-7
予価：本体500円＋税

**ピンクレーベル**

---

### 『幼なじみに溺愛されています。』＊あいら＊・著

高2の真由は隣に住む幼なじみ・煌貴と仲良し。彼はなんでもできちゃうイケメンで女子に大人気だけど、"冷血王子"と呼ばれるほど無愛想。そんな煌貴に突然「俺のものになって」とキスされて…。お兄ちゃんみたいな存在だったのに、ドキドキが止まらない!!　甘々120％な溺愛シリーズ第1弾！
ISBN978-4-8137-0570-3
予価：本体500円＋税

**ピンクレーベル**

---

### 『新装版 サヨナラのしずく』juna・著

優等生だけど、孤独で居場所がみつからない高校生の雫。繁華街で危ないところを、謎の男・シュンに助けられる。お互いの寂しさを埋めるようにも惹かれ合うふたりだが、元暴走族の総長だった彼には秘密があり、雫を守るために別れを決意する。愛する人との出会いと別れ。号泣必至の切ない物語。
ISBN978-4-8137-0571-0
予価：本体500円＋税

**ブルーレーベル**

---

書店店頭にご希望の本がない場合は、
書店にてご注文いただけます。